开弓没有回头箭

太仓市城市更新进行曲

奚旭初　著

江苏人民出版社

图书在版编目（CIP）数据

开弓没有回头箭：太仓市城市更新进行曲 / 奚旭初
著 . -- 南京：江苏人民出版社，2023.7
ISBN 978-7-214-28236-1

Ⅰ . ①开… Ⅱ . ①奚… Ⅲ . ①报告文学－中国－当代
Ⅳ . ① I25

中国国家版本馆 CIP 数据核字（2023）第 130998 号

书　　名	开弓没有回头箭：太仓市城市更新进行曲
著　　者	奚旭初
责任编辑	郝　鹏
责任监制	王　娟
出版发行	江苏人民出版社
地　　址	南京市湖南路 1 号 A 楼，邮编：210009
印　　刷	苏州市越洋印刷有限公司
开　　本	880 毫米 ×1230 毫米　1/32
印　　张	7.75
字　　数	160 千字
版　　次	2023 年 7 月第 1 版
印　　次	2023 年 7 月第 1 次印刷
标准书号	ISBN 978-7-214-28236-1
定　　价	56.00 元

（江苏人民出版社图书凡印装错误可向承印厂调换）

题　记

实现城市更新行动，是党的十九届五中全会作出的重要决策部署，也是适应城市发展新形势、推动城市高质量发展的必然要求。

习近平总书记指出："要更好推进以人为核心的城镇化，使城市更健康、更安全、更宜居，成为人民群众高品质生活的空间。"城市更新不是传统意义上的旧城旧区改造，其内涵在于推动城市结构优化、功能完善和品质提升。城市更新的终极目标是服务于广大人民群众，公众的需求满足和生活品质提升是检验城市更新的重要指标。

老旧社区适老化规划改造对改善老年人的居住环境、提升生活品质，缓解老年人因身体机能衰退导致的生活自理能力差等问题具有现实意义，通过住宅区域的整体适老化规划改造，可以降低老年人在日常生活中面临的不便和危险程度，提升老年人自我照护能力，促进老年人在熟悉、友善、健康、安全的环境中高质量、高品质地持续生活，从而帮助大多数老年人实现居家养老的愿望。

　　每个人对自己所居住的城市、所居住的住宅小区，都会留下自己的个体记忆。随着老小区古松弄地块最后一堵墙的轰然倒塌，古松弄的原貌旧址将不复存在，留给人们的只是一份份渐行渐远的个体记忆。而我要做的，便是通过报告文学的形式，用文学的语言，将这份个体记忆转化为一种集体记忆。或者说，在太仓城市更新进程中，作为一份城市记忆被永久性地保留下来。

目　录

第一章
前世今生古松弄

在太仓，上了年纪的人都知道，古松弄原称江家弄。它只是一条破旧狭窄的小巷，在原南牌楼飞云桥的西边。20 世纪 60 年代仍与农田接壤，80 年代在农田上新建住宅后，逐渐形成今天的面貌。因江家弄内有一棵清代所植的雀舌松，松高 10 米，围长 2 米，距今已有三四百年的历史，1986 年，民政部门把江家弄改名为古松弄。

那么，江家弄又是如何得名的呢？为此我特地走访了档案馆和史志部门，并参考了有关文人所写的文章，方知在原太仓市一中校园内，藏有一块"洞庭分秀"碑。碑文由弘治己未年州人桑悦所书："卫主江侯，近叠一山，极其幽胜，予名之曰'洞庭分秀'。"而碑文中的诗句"江侯忠勇灭元戎，轻裘缓带仍儒风"，证明当年的太仓卫江侯智勇双全，曾在推翻元朝、建立明朝的战争中建有功勋。诗人吴伟业在《梅村全集》中也有记载，说江侯祖上系安徽人，参加朱元璋的无为军，曾跟随明太祖南

· 古松弄旧照

征北战，建立功勋，以战功授昭信校尉，后迁太仓卫，进指挥佥事。据《嘉庆直隶太仓州志》记载，"洞庭分秀在樊泾村西，俗称江家山"。所以当时的江家在太仓是名门望族，江氏族人也就分布在江家山周围居住。

当时太仓城区的主要街道是一条东西走向的"大街"，即现在的新华路。由于江家山与大街之间隔着一条致和塘，因此不少江氏族人选择居住于大街的北侧。弘治十年（1497 年），割昆山、常熟、嘉定三县建太仓州。州署设立后，署南就出现了州前街，即现在的县府街。于是，大街北侧的江氏族人聚居地逐渐形成了一条通往州前街的小巷。同时居住于致和塘南面的江氏族人到州前街，都从小巷的南头进北头出，此巷便成了名副其实的"江家弄"。

明清时，江家弄一直属于州前街范围。民国时曾将城厢镇分为若干个镇与乡进行管辖，江家弄属弇中镇管辖，弇中镇被撤并后属弇东镇管辖。1949 年 11 月，城厢镇划为 13 街 8 村，江家弄属府南街。1958 年，城厢镇设立 5 个居民自治组织——居民委员会时期，江家弄属县府居委会。1981 年建造府南新村时，江家弄在府南新村范围内。1986 年，江家弄更名为古松弄。

我与江家弄的结缘，应该是在其更名古松弄之后不久。当时我还在沙溪机械总厂工作，忽一日，厂里来了几个人，说要招一位能写文章的年轻人去检察院工作。当时太仓刚恢复重建检察机关，急需从国营大厂招纳一批工作人员。于是机缘巧合，让我认识了检察长韩金山。厂里领导听明白检察长的来意之后，异口同声地说："叫'眼镜'去正好。"检察长问："谁是'眼镜'？"

领导说："'眼镜'叫奚旭初，是厂工会办公室的干事……"就这样，我稀里糊涂地踏进了检察机关的大门。

几年后我要结婚成家，检察长韩金山忙活着为我寻找结婚用房。于是，我与古松弄开始结缘，住进了古松弄最南端的一个小院子里。小院里面住有六七户人家，有做老师的，有做缝纫的，有做糕点的，有在工厂上班的。我家住在院子的东南角上，就一个房间和一个灶间，很矮小，也有点破旧。家里没有厕所，用的是马桶；也没有煤气灶和自来水，整个院子里六七户人家淘米洗菜洗衣服，都是合用院子里的一个水龙头，所以常常相互谦让着用。居住环境虽然不是很理想，但邻里之间的关系却格外融洽。要是谁家烧了一道好菜，就会把菜端到院子里，放在一张方凳上，让大家拿着筷子一起来品尝。当然，要是谁家重新点火燃煤炉，每家同样也会烟味共享，咳嗽声此起彼伏。

我们院子的大门往西开，站在院门口，对街是一家煤球店，左拐抬脚就是新东街，右拐便进入古松弄。那时的古松弄除了农业局造的一幢三层楼的集体宿舍外，基本上是低矮的平房。弄两旁稀稀朗朗的有几家店，印象中有一家是粮油店，还有一间医疗卫生室，另外还有缝纫店和理发店，餐饮店好像只有一家卖大饼油条的。哦，还有一处是公共厕所。过后不久，在农业局集体宿舍往北，市政府依次建造了六号楼、八号楼、十号楼和十二号楼，入住的都是在县政府机关工作的领导和工作人员。但那时我已经搬到了同样属于古松弄辖区的向阳新村，那是机关房管所的房子，三层楼房，我住五号楼 301 室。虽然也是一个房间一个灶间，但条件大为改观，有了自来水和煤气灶，可还是没有卫生间。

随着入住人员的大量增加，古松弄两旁的店面房如雨后春笋，争先恐后地冒了出来，并且还有了古松弄菜场。居住在古松弄的人们，感受到生活上的便利，精神上也得到了极大的满足。那时的检察院地处人民路，在中医院对面，我下了班都是步行回家，顺路先去古松弄菜场买菜，出了菜场再走两分钟，就能准时把钥匙插入我家的门锁。

1992 年，我调到外经委工作。外经委要建造一幢家属楼，地址选了东港路 21 号。于是，我再一次搬家，这次还是没有离开古松弄。我从弄堂里穿到菜市场，仍只要两分钟的时间。我的生活所需，在古松弄都能得到满足。有时家里来了客人，我就去沁颜香炒菜店买糖醋排骨、香酥鸡、生炒鱼片和红烧大肠；然后再去隔壁的红太阳熟食店，买上一份卤猪耳和香葱拌干丝。古松弄的早点也是花样百出，应有尽有。当然，我最爱吃的还是一对夫妻每天凌晨在路边氽的粢饭糕，当时是五毛钱一块，外表金黄松脆，里边雪白糯软。还有倪鸿顺肉松骨头，也是我的最爱。古松弄两边从北到南所有的店面，我闭着眼睛几乎都能说出来。想吃水果，我就去阿张水果店。我和爱人要做衣服，就去杨秀林开的西服店和董秋生开的缝纫铺。我家的冰箱里，总会有崔老板店里的水产品。我母亲最喜爱的糕点，便来自古松弄的青松点心店。小燕片皮烤鸭店里的烤鸭，用又薄又韧的面饼卷上油亮酥脆的鸭肉片，加上脆嫩的黄瓜条和香香的葱丝，再蘸上一口甜面酱，这些都是我儿子最美好的回忆。

约 200 米长的古松弄，白天人声鼎沸，热闹非凡，除了买菜购物外，最多的还是闲逛的老年人。他们大半辈子生活在这里，对古松弄的一草一木、一砖一瓦有着深厚的感情，邻里之间也近似于亲人一般，每天都要照个面，说上几句话。要是哪天不见老邻居出门，都会相互打听，甚至上门探个究竟。所以，每一家的基本情况，彼此之间都非常清楚。到了晚上，整条古松弄又显得异常安静。昏黄的路灯映照在狭窄的路面上，很少有人在古松弄闲走，只有野猫野狗在路面上窜来窜去，相互嬉闹。所以在我的印象里，白天的古松弄就像北京王府井一样热闹，而晚上的古松弄则是乡村古镇上一条无人问津的小巷。

2009 年，我终于离开了生活 20 多年的古松弄。原因很简单，我的膝盖骨不允许我每天在楼梯上爬上爬下，更不允许我扛着煤气罐和米袋子登楼。

掐指算来，离开古松弄虽然已有十多年的时间。但在我心里，古松弄始终没有离去，许多生动有趣的生活场景常会在我的梦中出现。十多年来，我无数次地一大清早开了小车特地去古松弄买粢饭糕，也无数次鬼使神差似的走进古松弄，用一种近似于痴迷的目光从北往南把古松弄抚摸一遍。

古松弄确实有点老了。斑驳破旧的墙面，有点倾斜的阳台，汽车无法通行的小巷弄堂，杂乱无章的电线网如一张巨大的蜘蛛网，笼罩在人们的头上。当我走进我曾经居住过的向阳新村，这里面已经人去楼空。因为都是危房，城厢镇房管所把居住在里面的人们全部外迁，只留有几户外地人家仍艰难地生活在里面。我望着向阳新村的断壁残垣，如同战争年代留下的一片废墟。房顶上杂草丛生，楼道上的门窗不知去向，墙根处蚊蝇飞舞，

· 古松弄旧照

蛛网密布，受惊的野猫在我身边来回奔走，一股酸楚之情不由涌上我的心头。

我知道，很多年前古松弄的居民都听说这里要拆迁，他们伸长了脖颈，企盼着这一天早日到来。但总是只听楼梯响，不见人下来。

究竟是何原因？我不得而知，古松弄的每一位居民同样不得而知。

第二章
开弓没有回头箭

2019 年的某一天，一位中年男人走进了古松弄，走进了古松弄地块的每一条小巷弄堂。和善可亲的笑脸，一下子拉近了与古松弄居民之间的距离。

中年人住在娄东宾馆，他利用晚饭后的空余时间，一次又一次地走进古松弄。看到每一位老年人或者保洁人员或者收废品人员，他都会上前问候他们，并站在路边与他们亲切交谈。去的次数多了，古松弄的居民终于弄明白，这位中年人原来是市里的"大领导"。

我在采访汪香元书记时，汪书记笑着说："当我再一次在古松弄走来走去时，那位回收废品的老人和正在吃盒饭的保洁人员冲着我说，你怎么又来了？你哪像是市里的领导呀！"

当时，汪书记还是太仓市的市长。他每一次走进古松弄，看着那些破败的房子，心里就在想：太仓的经济发展那么快，但发展来发展去，我们的最终目的究竟是什么？不就是为了老百姓能过上更好的生活吗？2021年5月，汪香元接任太仓市委书记。与汪书记同住在娄东宾馆的，还有一位新上任的太仓市分管副市长郑丙华。汪书记对郑副市长说，你有空的时候多去古松弄走走，做一些调研。郑副市长便利用茶余饭后，多次走进了古松弄。

采访中，郑丙华告诉我，当他第一次走进古松弄，看到小区居民的居住环境时，心里确实有点发凉。那些破败的楼房，墙体开裂，阳台倾斜，仿佛跺一下脚阳台就会塌下来，而且那些门窗都已经与墙体分离。屋顶普遍都存在漏水问题，外面大雨家里小雨。台风来了，门窗关不紧，大风吹进家里把墙粉吹得满屋飞。没有天然气，换个煤气瓶非常吃力。所有的下水道都是铸铁管，锈迹斑斑。车子开不进小巷，就算开进来也没有停车的地方。有的居民因房子太旧而搬到外面居住，空关房使得老房子更加惨不忍睹。郑丙华叹了口气说，太仓多次荣获全国最具幸福感城市，但在老城区的中心位置，竟然还有部分小区居民并没有享受到这份幸福。

当时，郑副市长的心里是有很多疑问的。古松弄的居住现状，历届领导应该也是清楚的。向阳新村那几幢公住房的搬迁，也证明了当时的领导层确实有拆迁改造的计划。但为什么最终没有实施呢？

随着走访考察的深入，郑丙华才明白过来。原来古松弄的实际情况错综复杂，其复杂的程度令人望而却步。在古松弄地块上，一共住有670户人家，其中80岁以上的老人近200人。这些老人既想改善生活环境，又不想搬离古松弄。古松弄以前被戏称为太仓的"中南海",所以至今居住在古松弄的离退休干部仍然很多,他们大多对自己的住房进行过改造,有些老干部家里还安装了养老设施,他们的内心也是不愿意搬迁的。另外,古松弄紧靠实验小学,不少年轻的父母在古松弄购房落户。他们也是不愿拆迁的,怕孩子进不了实验小学。古松弄地块上的房屋性质也是五花八门,有商品房,有公住房,有办公用房,有商铺,有私宅;土地性质有国有的,又有集体的。刚开始采访时,我也是听得一头雾水,被这些乱七八糟的情况搞得晕头转向,差点找不到回家的路。后来听得多了,总算慢慢理出个头绪来。

郑丙华说,如此复杂的居住情况,真要对古松弄彻底动手术,难度确实太大了。但古松弄90%以上的老百姓希望更新改造,他们渴望享受高品质的生活,所以我们没有理由对百姓的诉求置之不理。

2021年6月16日和23日,汪香元分别在市城管局和城厢镇进行调研时,正式提出了对古松弄等三个地块进行城市更新的议题。汪香元就任市委书记仅一个月时间,便说出这样一句沉甸甸的话,说明在这之前是经过了无数次的实地调研和反复考量的,并在征求了各方意见的基础上,经市委常委会先后三次进行专题研究后才正式提出来的。

我在采访住建局的分管领导时,他告诉我,城市更新和城市改造并不是一个概念。改造只是对老小区进行原地修复,铺个路面,修个屋顶,粉饰一下墙面,更换一些陈旧的设施,有条件的再安装个电梯或者把天然气的管道通进居民的家里。比如梅园新村就属于改造，是在原有的基础上旧貌换新颜，改造得非常成功。而城市更新，则是对整个地块进行推倒重建。比如古松弄不具备改造的条件，要么维持现状，要么彻底推翻重建，打造一个新的古松弄。还有一种就是微改造，太仓的老城区有许多地方可以进行微改造，这样做既节约开支，又可以从中挖掘一些历史上沉淀下来的东西，展示给后人。

古松弄的老人们或许更赞成第一种做法，因为这样一来，他们就用不着过渡到外面居住了。这样的想法和理由很简单，也很实在。但古松弄的实际情况，却无法满足老百姓最真实的想法。

那么，古松弄地块为什么不能进行改造，而只能进行更新呢？

住建局的回答是：因古松弄地块建成年代久远，受房屋结构、安全间距等因素的制约，不具备天然气管道的安全接入条件。只能通过整体规划，彻底更新古松弄的居住环境方能解决。

资源规划局的回答是：古松弄地块房屋建造时间久远，布局规划相对滞后，出现地面积水、房顶漏水和道路狭窄导致无法停车等问题，这是城市老小区普遍存在的"城市病"，如要解决停车难的问题，增设绿化及配套服务等公共用地，只能通过城市更新、重新规划方能解决。

城市管理局的回答是：古松弄存在的问题与没有物业管理有着直接的关系，因为古松弄是开放式的，没有物业用房，也不具备引入物业的条件，只有整体化的片区改造重建，才能从源头上根本地解决这些问题。

权威部门有理有据的分析,证明古松弄地块只能进行彻底更新。

既然要更新,新情况新问题就会像暗礁一样,接二连三地冒出水面。除了上面所说的人员复杂、房屋性质复杂之外,更加要命的是 670 户人家的过渡安置问题,到哪里去找适合他们,特别是适合老年人居住的理想房源呢?还有一个必须面临的新情况是:一旦房屋被政府征收,原本平静的一家人势必会在家产的分配上发生纠纷,或者在货币置换还是房屋回迁的问题上产生矛盾。如何解决这些矛盾,也是政府部门必须要面对的实际问题。除此之外,在实施过程中还会遇到无法预料到的新的困难和难以跨越的鸿沟。

在城厢镇的调研会议上,汪香元在讲到古松弄的实际情况时,动了感情。他说在古松弄一家底楼的院子里,看到这幢六层楼的房子已经破旧不堪,墙体裂开了大缝,所有的阳台向下倾斜,石灰砖头随时会掉下来。阳台下面的人家用木柱子撑住阳台,并用网兜罩着,怕上面的墙砖掉下来,砸在自己头上。"这种危及老百姓生命安全的大事,我们能不闻不顾吗?如果我们的家人居住在这样的环境里面,我们作何感想?我们的为民情怀又跑到哪里去了呢?所以我们一定要把这件事做起来,并把它做好。虽然做成这件事很难,要花很大的精力,很大的财力,甚至在这过程中会碰到很大的阻力,以及舆论的压力。当然,我们也可以啥事都不做,风平浪静,除非哪间房子塌下来了,我们再来做这件事。我们也可以对一些城中村做做面子工程,在外面用围墙围起来,再搞点绿化,让外人看不见,图个太平。

但这样做，我们常说的'人民政府为人民'就会成为一句空话，我们全心全意为人民服务的理念到底还要不要了？为什么我们要学习党史，增强理想信念？在这种决策面前我们就是要想明白，我们的理想信念是什么？我们秉承的价值观和宗旨意识又是什么？所以我们要下这样的决心，把这件事情做好。这是一件伤筋动骨的大事，大家准备好身上掉几斤肉。既然我们坐在了这个位置上，就要把有意义的事情做好。把事情做成了，我们以后再到这里来看看，心里一定会有很大的成就感和自豪感。"

　　2021年12月9日，太仓市委、市政府正式召开古松弄、胜利村、原城三小地块城市更新动员大会，决定以三个地块为重点，坚持以点带面、先行先试，推动居住空间提质更新、公共服务提标扩面、市政公用设施提档升级，打造高品质城市空间。

·城市更新动员大会

着力解决多年来古松弄、胜利村、原城三小地块的居民所面临的老城区房屋危旧、基础设施老化、人居环境差等急难愁盼的问题。

在动员大会上，汪香元旗帜鲜明地表示，推动三个地块的更新，既是解决历史欠账的民生工程，也是推动城市品质、实现幸福共享的题中之义。这项工作已经到了势在必行的地步，并已形成了干则必成的态势。我们要举全市之力，把这项民生工程、民心工程做好，为建设"现代田园城、幸福金太仓"增光添彩。

动员大会结束后，汪香元一行走进城厢镇指挥部的院子，详细了解古松弄地块更新项目补偿安置方案、小区初步设计方案等情况。居住在古松弄4号的居民顾伯良正在公告牌前仔细

·市委书记汪香元（中）与小区居民交谈

地查看，汪香元上前询问顾伯良对古松弄城市更新的相关情况是否了解，有没有什么想法和意见。顾伯良说，城市更新是老百姓盼望很久的事，他和家人都会全力支持政府工作。在各个工作小组的办公室，汪香元要求工作人员尽心尽力办好群众的事情，及时向上级反映群众诉求和愿望；同时要求房屋中介组的工作人员一定要了解居民的租房需求，帮助他们找到称心满意的过渡房源。

离开指挥部后，汪香元一行又走进古松弄的街头巷尾，走进居民家中，倾听群众的心声，了解他们的所思所盼。古松弄16号是一处带小院的平房，户主夫妇于20世纪80年代搬到此处居住，40多年来，他们与古松弄结下了深厚的感情。对于此次城市更新，户主表示政府为居民们着想，实实在在地为民办好事、办实事，他们一家都非常支持，也会全力配合好政府的工作。居住在向阳新村4号的范老太，冲着汪香元泪流满面地说："终于盼到了这一天。"并表示她和老伴一定会尽力克服搬家、租房等带来的暂时不便，企盼着早日搬回古松弄。汪香元拉着范老太的手说："我们大家一起把城市更新的工作做好，往后的日子一定会越过越好，生活一定会更加幸福。"

我本以为，为了老百姓的民生福祉，为了把住在危旧房里的老百姓解救出来，政府部门不遗余力，动用大量财力和精力为民办事，一定会赢得全体居民的一致称赞。然而，事实并非如此。在采访过程中，我了解到，在这期间，汪香元书记承受了来自各个方面对他的不利言论。有的说他年轻气盛，做事轻率，没有吃过苦头；有的说古松弄三年也拆不掉，到时候看他怎么收场；也有的说，到头来政府欠了一屁股债，老百姓怨声载道，集体上访，到时候看他怎么下台，要么被撤职，要么灰溜溜地离开太仓。还有一些老干部直接给汪香元打电话，劝他慎重考虑，别到时候弄得进退两难，惊动了上层不好收场。

在汪香元的办公室，他笑着对我说："老百姓的企盼就是我们的奋斗方向。开弓没有回头箭，我们既然跨出了城市更新这一步，今后无论遇到什么样的艰难险阻，都没有任何退路，唯有披荆斩棘，勇往直前，直到取得最后的胜利。"

汪香元挥动着右手，一番自信满满的话语，让我看到了一种壮士断臂的气势。其实在反复研调的过程中，市委、市政府也是经过了几重心理博弈，从而做出艰难而痛苦的抉择。

有一次，他们走进一户老太太的家里，老人已经90多岁，处于半植物人的状态。汪香元上前拉着老太太的手说："我们想对古松弄小区进行改造更新，让你们住上新房子。"老太太用迷茫的目光看了看汪香元，然后侧过头去。服侍老太太的女儿说："对我来说非常希望城市更新，但对我妈来说，她还能盼到这一天吗？她连住到我家都不愿意，她死也要死在古松弄。一旦城市更新，让我妈搬到哪里去住？再说，三年之后，她还回得来吗？"

汪香元心情沉重地走出老太太的家，深深地叹了口气。他对身边的郑丙华说，古松弄有很多老人，老太太的现状让他于心不忍，这也证明了不少老人是不希望城市更新的，他们确实也折腾不起了。汪香元抬头看着一幢幢破旧的危房，想到老百姓的生命安全得不到保证，心里又有一种深深的愧疚感和自责感。他冲着眼前的危房自言自语道："老百姓对古松弄的留恋和情感固然很重要，但老百姓的生命安全更重要啊！"旁边的郑丙华对汪香元说："如果书记下定决心要搞，我一定竭尽全力配合你，把这件事做到底。"汪香元点头表示，这次城市更新一定要把古松弄的烟火气保留下来，等老百姓回迁之后，能看到一个熟悉而崭新的古松弄。

在采访中，郑丙华告诉我，为了延续老百姓对古松弄的情感，还老百姓一个更加美丽而又熟悉的古松弄，政府在城市更新过程中坚持做到一切从老百姓的利益出发，坚持守住两条红线。

一是拆建比不能大于二，比如拆一百套房，不能建两百套，一百套还给老百姓，另外一百套用来赚钱。这样做势必要增加房屋的高度，增加强度，增加配套，这会带来很大的社会问题。古松弄的承载能力很弱，包括菜市场、道路、公交、学校、公共服务、老年娱乐等设施的配套能力，只能满足原有古松弄住户人员的需求。也就是说只能承载一万人的生活需求，政府不能升高楼层，去承载两万人。目前全国各地的城市更新是没有承诺让老百姓回迁的，因为他们都是通过商业运作，以赚钱为主要目的，把原来的危房拆迁后建造30多层的高楼，通过炒房来回收资金并赚钱。而我们是民生工程，整个过程都是由政府来做，一切为了老百姓着想。古松弄的楼房限高33米，楼层不超过11层，这既美化了城市建设，又让老百姓回到熟悉的地方。

另一条是原地的安置率不能低于50%，不能为了开发商业中心而让老百姓搬出去。如果把古松弄搞成大商场，那这里城市文化的烟火气就无法保留下来，对老百姓的感情也没法交代。

所以只有让住在这里的老百姓回到这里，才能让原先的古松弄文化继续延续下去。年轻人志存高远，可以去外面闯天下，但老年人对这里有感情，他们还是想着要回来的。所以我们不能把古松弄搞得很现代化，玻璃幕墙，金碧辉煌，而且旁边就是古桥古宅王锡爵故居，显得不伦不类，格格不入。我们应在保留原有模样的基础上，增加必要的设施，如充电桩、口袋公园、拐角处的绿化环保等，从而提升小区的生活品质，让老百姓幸福地生活在这里。

第三章
万事俱备东风来

　　2021 年 12 月 8 日，太仓市正式成立城市更新领导小组，市委书记汪香元、市长胡卫江任领导小组组长，副组长由所有市委常委和副市长担任，小组成员由各部委办局主要领导组成，可见市委、市政府对城市更新的重视程度。

　　作为涉及 3 个地块更新的属地政府，城厢镇也于同日成立太仓市城市更新城厢镇指挥部，总指挥由副市长郑丙华担任，城厢镇党委书记盛海峰任常务副总指挥，镇长顾强任副总指挥。指挥部下设 8 个工作组，其中综合协调组由市委办、政府办、市住建局办公室、城厢镇党政办公室等部门（科室）有关人员组成，负责统筹协调城市更新领导小组、指挥部安排的相关事项，调度协调其他工作组工作，负责文秘、会务、督办等指挥部日常事务。动迁征收组由市住建局（房屋征收中心）、城厢镇建设局等部门（科室）有关人员组成，负责制定城市更新区域内动迁征收安置政策，组织开展动迁征收安置工作。政策宣传组由市委宣传部、市融媒体中心、城厢镇党政办公室等部门（科室）有关人员组成，负责开展全方位政策宣传，做好舆论引导、氛围指导、舆情处置等工作。维稳保障组由市委政法委、市公安局（城中派出所）、信访局等部门（科室）有关人员组成，负责做好征收、签约、交房、拆房等现场秩序保障，做好重点人员管控等工作。征地交地组由市资源规划局（城厢分局）、城厢镇建设局等部门（科室）有关人员组成，负责集体用地和责令交地等工作。建设审批组由市资源规划局（城厢分局）、市住建局、市文体广旅局、市行政审批局、市城投集团、城厢镇建设局、城厢镇行政审批局等部门（科室）有关人员组成，负责城市更新区域项目（住宅、商业配套等）规划、用地上市、报批、建设工作。司法保障局由市司法局、城厢镇司法所等部门（科室）有关人员组成，负责开展征地、动迁、安置等政策及程序的合法合规性审查，做好纠纷调解等工作。金融协调组由市金融监管局、城厢镇财政和资产管理局等部门（科室）有关人员组成，负责开展城市更新区域内房屋抵押、贷款等事项协调工作。

　　除此之外，三个地块共成立 15 个签约小组，其中古松弄有 10 个签约小组，每个小组由 3 个人组成。也是机缘巧合，城厢镇政府刚通过推优招聘到了一批年轻人，准备充实到各个村和社区工作，恰逢城市更新，这批年轻人便当仁不让地成为城市更新行动中的一支生力军。每一位年轻人负责一个签约小组，每组再配备两位拆迁公司的工作人员，协助年轻人开展宣传、评估、签约等工作。签约小组从 2021 年的 5 月开始进行前期的入户调查摸排工作，了解住户产权人的有关信息，家庭人员关系以及经济状况等。

在这期间，城厢镇党委书记盛海峰未雨绸缪，特地从住建局借来一位经验丰富的专家，帮助制定有关拆迁政策，设计方案，10月份便拿出了初稿。其中有《太仓市国有土地上房屋征收与补偿暂行办法》，房屋征收知识问答，古松弄地块城市更新项目补偿安置方案，古松弄地块补偿安置基本流程，城厢镇城市更新项目政策问答，古松弄地块城市更新项目区域范围，古松弄地块城市更新项目效果图、户型平面图等。12月，城市更新的有关政策正式形成，各路人马正式进驻指挥部开展工作。

太仓市城市更新共涉及面积235亩，户数955户，其中古松弄670户，胜利村77户，原城三小208户。古松弄地块计划拆除重建区域面积约95.57亩，古松弄以东地块34.35亩，以西地块61.02亩。在670户中，住宅538户，非住宅132户。区域内总拆除面积5.82万平方米，其中住宅面积4.99万平方米，非住宅面积0.83万平方米。在古松弄地块城市更新项目补偿安置方案中，有关补偿政策制定得公开透明，详细周到，让老百姓看了一目了然。总的原则做到一碗水端平，一把尺子插到底，决不让老百姓吃亏。比如有人选择货币补偿的，获得的补偿金额如果低于45平方米房屋安置总价的，按45平方米房屋安置总价对该户予以货币补偿；如果是选择产权调换的，安置房55平方米内互不结价，超过面积按市场优惠价、市场价结算。

我知道，古松弄内大多数房屋都是20世纪七八十年代建造的，距今都在40年以上，房屋的破旧程度可想而知。但政府为了让老百姓得到实惠，对这些房屋的收购价是令大家欢欣鼓舞的。比如住宅房每平方米为 18450 元，沿街商业用房根据不同情况，每平方米在 20571 元至 36000 元之间。非居住用房每平方米也要 12000 元。

另外还有搬迁补偿费、临时安置补偿费、商业和非居住用房停产停业损失补偿费等。如搬迁补偿费，住房面积在 40 平方米以下的每户给 1000 元。每超过 20 平方米，增加 100 元。临时安置补偿费，以房屋的基准建筑面积为基数，按每平方米每月 15 元发放。发放中每户每月不足 1800 元的，按 1800 元发放。对选择货币补偿后自行购房的，一次性再补助 6 个月临时安置费。对停产停业的损失补偿，按具体情况每平方米在 300 元至 400 元不等。

除此之外，还有一些特殊的奖励。如：签约奖，自收到评估报告之日起 3 个月内签约的，可获得每平方米 200 元的签约奖。搬迁奖，在约定时间内搬迁完毕的，按每户 30000 元的标准给予奖励。货币补偿奖，对住宅用房选择货币补偿的，按房地产市场评估价值乘以 15% 给予一次性奖励；对非居住用房选择货币补偿的，按房地产市场评估价值乘以 20% 给予一次性奖励。此外，还有对 80 岁以上老人的奖励，对残疾人的奖励，对动过手术的癌症病人的奖励，等等。

在对回迁居民的新房设计上，也是根据古松弄居民的实际需求和年龄结构等方面，多方征求意见后，设计出了 75 平方米、95 平方米、115 平方米、135 平方米和 160 平方米五种房型图案，供小区居民参考。后因 95 平方米的房型图遭到小区居民的反对，设计人员及时根据居民反馈的意见和建议，重新设计出了令居

· 市长胡卫江（右二）调研房型设计

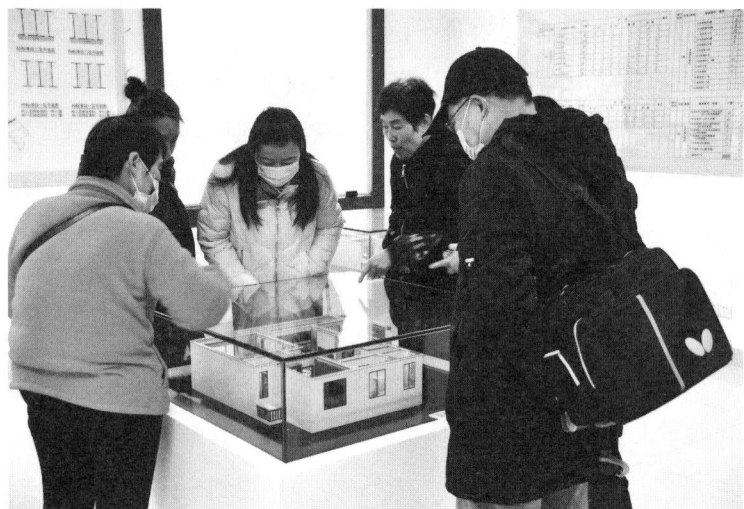

· 小区居民在选择房型

民满意的房型图。

起初回迁新房的安置价让我有点看不懂，看懂之后便心生感动——政府部门以每平方米 18450 元的高价征收居民的旧房子，而让居民回迁住上新房时，只收每平方米 16450 元。这样做不但让居民的旧房换成了新房，还让居民从中赚到了钱。这样的买卖无论放到哪里，恐怕没有一个人看得懂。难道这就是我们所说的民生工程？难道这就是汪香元书记所说的为民情怀？而且据我了解，政府部门还想把好事做到底，把建造的新房全部装修好，让老百姓回迁时可以拎包入住。谁知许多老百姓有他们自己的想法，他们对新房的装修各有各的看法和要求，这件事只好作罢。我想，要是真做了这件好事，肯定是顶了石臼做戏——吃力不讨好。

综合协调组的王璐告诉我，在前期制定有关补偿办法时，本着不让老百姓吃亏的原则，由资产规划局、住建局征收中心、城厢镇拆迁办公室和政府聘请的律师等一起反复讨论研究，房屋的评估价格具体由评估公司负责制定。初步方案出来之后，报市政府批准后，各签约小组按政策执行。具体的工作步骤是：第一步，宣传发动、调查摸底；第二步，评估公司采样评估，选几处有代表性的房屋，包括住宅和商铺，制定出有关政策；第三步，报市政府批准后，开展上门评估工作；第四步，签约，在此期间有疑问的可咨询综合协调组，若遇到新的情况将补充制定新的政策。

王璐说，古松弄的情况比较复杂，由于商品房、房改房、私宅和商铺等各种情况五花八门，而以前的批复手续又不是很规范，有些情况是可以默认的，有些情况是要重新研究的，所以在指挥部有一个会商机制，对新情况随时进行讨论研究。比如像轻工公司那幢房子，不是一般的复杂，资规局拿出了当时批建土地的用途证明，其性质有办公用房，有商品门面房，有职工宿舍等。这幢楼拍卖之后，购房的居民在当时是可以迁入户口的，并享有民用水电，还拥有一间自行车库。当时轻工公司是没有自行车库的，产权人出售时给每家每户都配了一间自行车库，购房人也是出了钱的。虽然资规局的批复证明上没有车库，但根据实际情况，他们还是按照每平方米 3700 元的标准进行了补偿。而住房只能按办公用房每平方米 11000 元的标准进行补偿，如果货币结算还有 20% 的奖励，算下来也要每平方米 14000 元。这些历史原因住户一开始不了解，导致其抱团抵触，但在理解之后，问题也就迎刃而解了。

还有像私宅，也有它的特殊性。王璐说，因为私宅基本上是土地面积大于住宅面积，这也是有历史原因的。20 世纪 90年代，政府部门有文件规定，不允许老城区的平房翻建成楼房，所以这些私宅一直是平房。当时建造的平房能满足一家人的吃住问题，但经过 40 年的变迁，家里已经多出了几代人，原先的住房显然是不够住的。但有文件规定，不能翻建楼房，这就导致了私宅的土地面积大于住房面积。对此，如果政府也按原有住宅面积来进行结算，产权人肯定不乐意，他们也认为不够合理。经过反复研究，他们推出了一个补充办法——按理说土地面积是不能用来置换房子的，只能按每平方米 9500 元进行补偿，但根据实际情况，他们同意产权人用土地补偿款按优惠价购买一套安置房。这个补充规定，得到了产权人的普遍认可。

城厢镇副镇长陈晨（后任镇党委委员）是古松弄地块的负责人，第一次采访他，给我的印象是年轻有为，敢作敢当。他当时在镇里分管建设规划，负责 800 多家企业的拆迁工作。2021 年 4 月，镇主要领导叫他一起去深圳参观学习城市更新工作，他心里就有点打鼓。从深圳回来后，镇领导便叫他做城市更新的方案。他感到两眼一抹黑，心里没底，这方案从何做起？他只能硬着头皮先从调查摸底开始，同时思考如何做方案。4个月后，盛海峰就任城厢镇党委书记（后任副市长兼城厢镇党委书记），陈晨心里悬着的一块石头终于落了地。

盛海峰曾在住建局当过征收办主任，专门负责拆迁工作，有着丰富的工作经验。到城厢镇刚上任，便把住建局的"老法师"唐主任给请了过来，帮助镇里一起研究制定城市更新的有关政策。他们结合入户调查，进行分门别类，对特殊情况制定特殊政策。研究过程中反复磨合，在政策正式出台前，还要进行甲乙双方的模拟论证。甲方提出论点，乙方找各种理由进行反驳和否定，直到大家心服口服之后，才正式推出。特别是对阁楼和自行车库的补偿，几经反复，还是没能作出决定。因为车库毕竟在房产证上是有面积的，而且购房人在买房时也是出了钱的；而阁楼是无证的，购房时是房产公司赠送的，但事实上阁楼又是作为房屋用来住人的，也是经过购房人精心装修的。所以甲乙双方辩来辩去，最后还是认为应该一视同仁，阁楼高度在 2.2 米以上的，与自行车库一样，给予每平方米 5500 元的补偿。

在城厢镇城市更新正式开始之前，盛海峰叫陈晨小试牛刀，去完成娄东宾馆东北角的一幢员工宿舍的拆迁任务。这是一幢

20 世纪 80 年代建造的宿舍楼，后来房改房时期被员工买了下来。房屋陈旧不堪，又是独立的一幢楼，住有 16 户人家，没有物业管理，环境脏乱差，早就在城厢镇拆迁计划之内。陈晨他们从 2021 年 10 月 10 日开始，争取用 20 天时间，完成 16 户人家的签约任务。工作中，陈晨启用古松弄研究制定的有关拆迁政策，与 16 户人家进行交涉。由于拆迁政策比较优惠，加上大多数人家都有拆迁的意愿，所以都比较配合，陈晨感觉 20 天时间应该没有问题。谁知半路杀出个程咬金，有一户人家提出了一些不合理的要求，硬撑着不肯签约。他们多次上门做工作，均未成功，而这时离月底仅有两天的时间。怎么办？陈晨当机立断，在 16 户人家的微信群里发了一条信息，明确告诉大家，目前还有一家不肯签约，如果明后天还签不下来，这个项目只能中止，之前已经签约的全部作废。这一招果然见效，那 15 户人家看到这条微信都急了起来，赶紧在当天晚上选了两位善于沟通、与那户人家关系比较好的代表，买了水果到那户人家里去做工作。最终大获全胜，那户人家终于同意签约腾房。

　　陈晨告诉我，当时他的心里比那 15 户人家还要着急。要是 10 月 30 日完不成任务，他没法向上级交代，也对不起已经签约的 15 户人家。

　　在小试牛刀的过程中，陈晨发现一个问题：在这 16 户人家中，有两户是不久前从原房东手里通过按揭贷款买下来的。现在遇到拆迁，这贷款怎么办？这是一个新问题。但当时没有其他办法，只能要求这两户人家自己想办法把贷款还清。通过这件事，陈晨想，在接下来的城市更新工作中，肯定会有不少人家存在通过银行贷款购房的情况，不可能都叫他们自己想办法还贷。如果有的户主没有能力一次性把贷款还清，怎么办？陈晨及时把自己的想法提交上去，经过领导与专家一起研究之后，特地制定了一个《关于涉征涉迁房屋变更抵押物的指导操作意见》，建议通过第三方担保公司进行期间担保，帮助涉迁房屋的产权人（贷款人）变更抵押物。后来的事实也证明，在三个地块的城市更新过程中，恰好有 100 户人家存在按揭贷款购房的情况，好多人家确实没有能力把贷款一次性还清。针对这个情况，指挥部把工、农、中、建四大银行的有关领导请到一起，当面磋商，最后形成统一意见：就是引进一家担保公司，一方面将老房子的抵押贷款变更为用新房子抵押；另一方面，从老房子到新房子的 3 年时间里，没有任

· 陈晨给小区老人解读城市更新的有关政策

何抵押物，那么这期间由担保公司进行担保。城市更新指挥部出具一份红头文件，让银行作为依据报上级银行批复同意。这样一来，其他近 10 家股份制银行见国有银行都这样做了，也都纷纷效仿，进而从根本上解决了贷款户主的后顾之忧。

在城市更新过程中，像陈晨所说的这种新情况、新问题，随着工作的推进还会不断地出现。比如在涉迁总户数中，有 70 多户产权人因为死亡或变更，而涉及家庭成员的继承纠纷。如何化解家庭矛盾、妥善处理好纠纷，也是摆在指挥部工作人员面前急需解决的问题。为此，指挥部积极与市不动产中心、公证处等单位联合会商，研究制定人民调解、继承公证、法院诉前调解等方式，确定房屋产权继承人。如果产权继承人失去民事行为能力，则通过法院为其指定监护人，代为处理相关签约事宜。针对产权人或继承人生活在境外的实际情况，指挥部又制定了境外产权人签约简化流程，即产权人在境外签约过程中全程录像并保证所签署的文件格式规范，原件邮寄到指挥部就可视作完成签约。

兵马未动，粮草先行。在正式开展评估和签约工作之前，城市更新指挥部把该想到的都想到了，各项措施方案、政策规定、知识问答、释疑解惑等方方面面，统统公之于众，让老百姓听得懂、看得明、想得通，确保城市更新工程成为为民造福的"阳光工程"。

军号已吹响，部队已出发，"三百一千"的目标已明确。所谓的"三百一千"，即百日签约，百日腾房，百日征收，千日回迁。所有参战人员的心里都明白，在如此艰巨复杂的任务面前，只有发扬"五加二""白加黑"的拼搏精神，方能攻城拔寨，乘风破浪，直至取得最后的胜利。

第四章
望眼欲穿总有头

　　古松弄的大多数居民都企盼着早日拆迁，甚至早在 10 年前就已经开始流传有关古松弄拆迁的事了。但 10 年过去了，小区居民望眼欲穿，始终不见政府有什么动作。后来向阳新村的公住房居民开始拿钱腾房，给古松弄居民带来了惊喜——看来古松弄真的要拆迁了。可几年下来，又不见了动静。后来，在古松弄地块上的原市人大、政协的办公房拆迁了，古松弄的居民奔走相告：这回看来是真的要拆迁了。而且当时的老市政府正在改造，市领导答应等弇州府改造完后再着手改造古松弄。但弇州府改造完后，又没了下文。四五年过去了，一切风平浪静，像从未发生过什么事一样。唯一有变化的，便是在古松弄地块上增加了两处像战争年代留下的废墟，让人看了心里很不舒服。后来可能是为了解决停车难的问题，在原人大、政协的地方建了一个停车场。

　　今年 82 岁的黄云峰，自 1984 年入住古松弄后，一直没有挪过窝。当年他在组织部工作，分到一套85平方米的房子，后来推行房改房，他便把房子买了下来。退休后，黄云峰做了很多公益事业，而且卓有成效。他在县府社区搞的互助养老试点一举成功，受到了中央电视台等7家新闻媒体联合采访。所谓互助养老，就是把老人召集在一起，学习、座谈、参观，养身保健，互相关心照顾，增进友谊，此举深受退休老人的欢迎。后来他又参加了城厢镇的"法制伴我行"，为党员干部、社区居民、村民、企业员工和小朋友们上法制课，四五年时间一共上了100多课。

我在采访黄老时，他告诉我，古松弄要拆迁的消息，前前后后至少流传了有10年时间。以前老城区改造，也没有改造到古松弄。他们要求安装天然气，但因为房子破旧，根基不牢，墙又是空对墙，安装天然气管道对房子有危险，不敢弄。加上1991年太仓地震时，城厢镇受到不同程度的影响，古松弄的有些墙体出现了裂缝。后来时间长了，古松弄的好多房子成了危房。他住的古松弄21幢共有8户人家，每家都遇到过水管爆裂，他遇到过2次，弄得家里水漫金山。他楼上的人家是顶楼，有一次水管爆裂，水先流到他家，然后一直流到底楼。还有就是电线老化，供电不足，有关部门只是过来把5安培、3安培换成10安培，暂时过渡一下。他们周边的几幢房子都是危房，墙上有裂缝，阳台与房体分离，下水道经常堵塞。他住的这幢楼房，看来看去总感觉有点倾斜。当时他越想越不对劲，这房子早晚要出事。他便建议周边几幢房子的住户联名写信，向政府反映情况。但这样做，好像是在给政府施加压力，想想便放弃了。

后来他决定走正规渠道，请人大代表作为提案在人代会上提出来，但每年的书面回复都说暂时不具备这个条件。后来看看其他地方都改造完成了，报纸上也宣布老城区改造任务全面完成，黄老看了心里不服，每次遇到市里的领导就提这个问题。再后来程佳佳就任县府社区党委书记兼主任，她是人大代表。了解情况后，她一方面在人代会议上提出来，另一方面去找市里的分管副市长，反映古松弄的实际情况。

2021年7月，副市长郑丙华第一次到古松弄召开座谈会，黄云峰作为居民代表足足讲了半个多小时。他说古松弄没有物业和电梯，好多老人爬楼梯有困难。没有天然气，用的是煤气罐，有时正做着饭，煤气用完了，弄得饭也吃不成。换个煤气罐吧，又是件麻烦事，有些老人扛不动啊！还有就是道路狭窄，救护车开不进来。有一位退休干部下午还在下棋，晚上突然发病，就是因为救护车开不进来，耽误了抢救时间而送掉了性命。所以说，古松弄拆迁势在必行。如果不拆，再过10年，这些老人都不在了，这里的房子都成了出租房，就没有人来反映问题了。到那个时候，房子真要塌了怎么办？郑丙华听了黄云峰的发言，频频点头，最后他表态说："我一定会把这件事放在心上，争取早日解决你们的民生问题。"

黄云峰看我记录得很认真，便加重了语气提醒我说："你别漏记了重要的一点，那就是汪书记对这件事情非常重视。据我所知，汪书记住在娄东宾馆，古松弄的居民好多次在晚上看到汪书记来到古松弄，这里看看那里看看，还和我们小区的居民交谈，了解民情。有一次，汪书记在古松弄边走边对身边的几

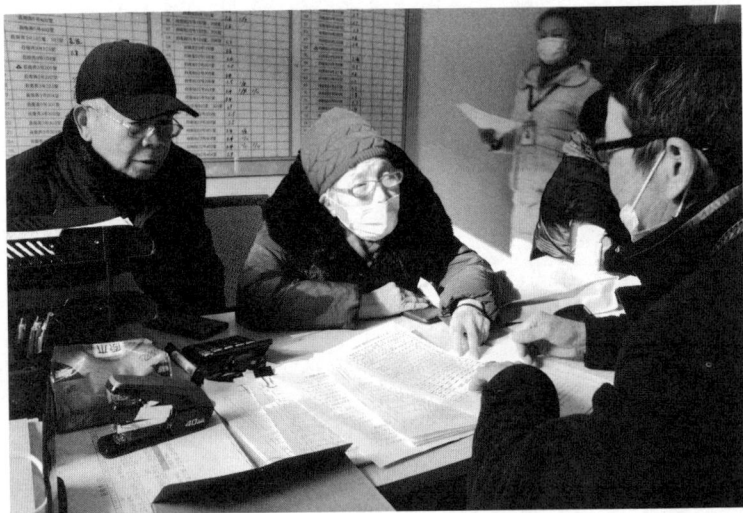

·黄云峰（左）详细了解城市更新政策

个人说，在太仓市中心还有这样的地方，恐怕在苏州范围内都
已经找不到了。我们要下决心搞，再不搞的话真的没有人来搞了。
这说明汪书记是下了决心要收拾这副烂摊子，不想把难题留给
下一任领导了。过了不久，果然有人上门来核对家庭人员情况，
紧接着便进行房屋评估。"

　　在12月9日的城市更新动员大会上，黄云峰作为居民代表
上台发言。他在发言时情绪激动地说道："盼了10多年的更新
改造愿望就要实现了，我们的居住条件很快就要得到改善了，
可以通上天然气、乘上电梯了，水管爆裂、下水道堵塞等隐患
问题都可以从根本上得到解决了。城市一更新，造福千万家。
我一定尽力配合政府做好城市更新的工作，协助社区和指挥部
的工作人员，解决居民的一些疑难问题，争取早日签约，早日

腾房，早日拆房，早日重建，早日回迁。"

黄云峰一口气说了五个"早日"，充分表达了他对古松弄旧貌换新颜的迫切愿望。而且他说到做到，配合社区做了大量宣传动员方面的工作。有一些老年居民和退休老干部一开始对城市更新的有关政策不是很了解，思想上存在一些疑虑。县府社区的发动工作做得非常到位，多次召开党委会议、居民小组长会议和银龄党支部会议。黄云峰作为银龄党支部书记，每次逢会必到，并配合社区一起去居民家里，解读城市更新的有关政策和奖励规定。黄云峰说："有一位老张头，今年已经90岁了。他说他就一个人，几十年住在这里，也习惯了，哪里也不想去。我动员他说，年纪大了搬来搬去确实很不方便，但你看看太仓在各个方面都搞得很好，我们这里算是重要地带，城市中心的中心，还有这样又破又旧的房子，确实不像话，有损太仓的形象，所以我们要顾全大局。再说政府也是为民办实事，我们应该拥护才对。"经过几次耐心解释，老张头终于明白政府为什么要进行城市更新，并表示一定支持政府的工作，坚决不拖政府的后腿。

说到百日签约第一人，我必须说到董桂荣这位刚步入老年行列的残疾人。其实我住在古松弄时就认识董桂荣，那时我住在向阳新村5幢，这是城厢镇房管所的房子。他住在向阳新村4号，是他所在单位纸品厂建造的房子。我去菜场买菜，必须经过他所住的那一幢。在我的印象中，董桂荣中等身材，黝黑的皮肤，走路昂首挺胸，是个挺精神、挺壮实、挺健康的中年男人。后来怎么会变成残疾人，我一无所知。这次写报告文学要采访他，正好探个究竟。

　　根据签约 2 组王超提供的信息，董桂荣第一个签约之后，便拿了拆迁款在古塘街中梁泊景庭小区买了新房。我从未去过古塘街，更不知道有一个中梁泊景庭小区。一路导航过去，竟然开过了头，进了隔壁的某某小区，然后直奔 2 号楼，上了 4 楼抬手便敲 401 室的门，没人回应。我便敲对面 402 室的门，一位老阿姨开门出来，很警惕地问我找谁。我说找董桂荣，一位残疾人。老阿姨说什么乱七八糟的，这里没有残疾人，都是健康人。我连连道歉后，仓皇下了楼，赶紧给董桂荣打电话。董桂荣说你怎么还没到？我一直在家里等着你，门都为你开着哪！我又问他究竟住几号楼。董说 2 号楼啊！我放下手机，又在小区里找了一遍，找不出第二个 2 号楼来，便去门卫那里询问。门卫很热心地把我领到我去过的那幢楼，说这幢楼就是 2 号楼。我迟疑了一下，决定再次上楼，也许刚才董桂荣还没来得及开门，也许正好有事没听到我的敲门声，也许对门的阿姨还不认识刚入住的残疾人邻居。三个"也许"把我骗上了 4 楼，401 室的门还是紧闭着。怎么回事？董桂荣不是说门已经开了吗？我想上前敲门，又怕对门的阿姨听到。正犹豫之间，对门的阿姨却开门走了出来，看到我之后有点吃惊地说："你怎么又来了？"说完，也不等我回答，赶紧退回家里，把门重重地关上。我失魂落魄地下了楼，心里多少有点莫名的沮丧。这个董桂荣究竟怎么回事，跟我玩躲猫猫吗？我一下子失去了采访他的兴趣。我坐进车里，准备打道回府，临走时觉得还是跟他打个招呼吧，谁知董桂荣在电话里有点焦急地说，我都到小区门口了，你怎么还找不到我呀！我赶紧把车开到小区门口，哪有董桂荣的影子！我说我在小区门口，没见到你啊！董问，小区门口是不是朝南？我说不，朝东。董说难怪，你找错地方了。我赶紧问门卫，这小区是不是叫中梁泊景庭？门卫用手指了下隔壁的小区说，你说的小区就在那边。我听了，差点扇自己一个耳光。

把车开到中梁泊景庭门口，果然看见董桂荣坐在轮椅上等着我。

我赶紧道歉："不好意思，让你久等了。"

董桂荣很大度地挥了挥手说："没事没事。"然后指挥我停车。

我把车停好，跟着他来到2号楼。在电梯口，我想帮董桂荣按电梯按钮。董桂荣推开我的手，用一种当家作主的姿态很有腔调地按了一下电梯按钮，然后用手转动车轮进了电梯间。他说，这是专门为残疾人设计的电梯，那边还有一部电梯，比这部电梯小一点。

上了4楼，他家的门已经开着。他很骄傲地看着我说："怎么样？我先带你参观一下吧！"

这是一套160平方米的精装房，有中央空调，有天然气，有3个房间，2个卫生间。朝南客厅有落地玻璃，采光极好。厨房间也很大，有冰箱、烤箱、微波炉、消毒柜等，应有尽有，我看得啧啧有声。董桂荣不无自豪地说："今非昔比，鸟枪换炮。要是没有城市更新，我这辈子怎么可能住进这天堂一般的房子？说实话，到现在我还有点不敢相信眼前的一切都是真的，真是睡梦里头也会笑出声来。"

董桂荣在古松弄整整住了40年，是向阳新村的第一批住户。

他看着古松弄的楼房一幢幢地盖起来，也看着一批批的居民搬进古松弄，当然也看着他们居住的房屋慢慢地变老，变得弱不禁风、苟延残喘。下水管道老化堵塞，屋顶漏水，地面积水，都是常有的事。有时遇到强降水，旁边公共厕所里的粪水就会溢出地面，随着积水流进底楼人家的屋里。对董桂荣来说，只要下大雨，他就 3 天没法下楼。他之所以成为残疾人，是因为腰椎间盘突出，手术后造成双腿不能行走，只能依靠拐杖或者轮椅出门。

董桂荣说，每年夏季刮台风或者下暴雨，东区社区的陆赟书记都会赶过来，动员他们搬到子女家去住，千万不能住在危险的房子里。有一次遇到大暴雨，有一家外地租户没地方去，陆书记便把他们一家接到外面，亲自帮他们落实住处。由于下暴雨时地面积水一时排不出去，底楼人家用水泥板把门口挡住，但根本不管用，流进家里的水起码有两三厘米高。每次遇到这样的情况，总能看到陆书记穿着高筒雨靴及时赶过来，指挥工作人员帮忙排水。

我有点不解地问，既然环境这么糟糕，为什么不考虑住到子女家里，或者到别的地方买套房子呢？

董桂荣无奈地看着我，摇了摇头，又苦笑了一下，说道："女儿已经出嫁，有了自己的家庭。而我和老婆，一个是残疾人，一个是癌症病人，她 6 年前动过手术，至今常年卧床在家。这样的情况，我们怎么可以给子女增添麻烦呢？再说买房，现在的房价，靠我们夫妻俩的退休金，怎么买得起？所以，我是盼星星盼月亮，盼着政府能为我们老百姓做件好事，把我们的老房子改造一下。哪怕只是把屋顶彻底修缮一下，因为我们的屋顶是用竹帘子铺的，没几年工夫全烂掉了，成了猫捉老鼠的游乐场。每次屋顶漏水，我楼上的邻居便拿了脸盆和脚盆去接水。后来人家一狠心，花了3万元去补漏，也没有从根本上解决问题。我家的天花板上全是水渍，像一幅世界地图。我女儿是在老房子里结的婚，当时我专门把家里装修了一下，后来又进行过3次整修。但这房子实在是太老了，再怎么装修都解决不了根本问题。"

我说："幸亏这次遇到了城市更新。"

董桂荣点点头道："要是没有城市更新，我只能老死在破旧的危房里面。什么电梯房，什么天然气，都是下辈子的事了。这次听说古松弄真的要拆迁了，我担心会不会又是空欢喜一场，就每天关心这件事。后来看到原科委的房子用作了城市更新城厢镇指挥部，我心里一下子乐开了花。动员大会开过之后，我每天去一次指挥部，问这问那，并再三向指挥部的工作人员说，我一定要第一个签约。后来有一天，东区社区陆书记告诉我，市委汪书记要来我家看望我。我听了又激动又紧张，我这破烂不堪的房子，如何接待市里的书记呀！那天下午2点左右，我站在二楼的家门口，看到汪书记带着几个人从底楼上来。在一楼到二楼拐角的地方，汪书记看到木窗框已经坏了，也没有了玻璃窗，苍蝇飞进飞出。汪书记说，让老百姓还住在这样的环境里，于心不忍啊！进了我家，汪书记握着我的手，详细询问了我家的基本情况，并安慰我说，生活会越来越好，居住环境会越来越好。我当时激动得语无伦次，我说太仓自撤县建市以来，你是第一个走进我家的市委书记，把我们老百姓真正放在了心上，为我们着想，为我们做了一件实实在在的大好事。我老婆常年卧病在床，平时起床都由我搀扶着才能下床。这次竟然像得了神功，自己从床上爬起来，扶着墙壁走了出来，一定要跟大恩人握个手。汪书记赶紧上前，握着我老婆的手说，我还来不及进屋看你，你怎么自己走了出来，快进去躺着。当汪书记了解到我的房屋面积只有 68 平方米，便帮我算了一下过渡费，按每月每平方补贴 15 元，只能拿到 1000 元左右，要是在外面租房子，恐怕是租不到的。后来不知道是不是这个原因，在过渡费补助规定中，有一条是每月补助费不足 1800 元的，按 1800 元发放。另外，像我这样有三级残疾证的，可以补助 10000 元。我老婆患癌症动过手术的，可以补助 30000 元。还有 80 岁以上的老人可以拿到 5000 元的补助，90 岁以上的可以拿到 8000 元的补助。所以说，政府从各个方面都在为老百姓着想，千方百计不让我们吃亏。"

董桂荣说到这儿，眼里已经裹满了泪水。他不好意思地用手擦了下眼泪，说："真难为情，76 岁的人了，还像个小孩子。"

我说："用不着难为情，你这是幸福的泪花。"

董桂荣平复了一下心情，继续说道："政府征收我的破房子，按每平方米 18450 元计算。而我买这里的精装房，每平方米只要 15500 元，反而比破房子还便宜。真是小老鼠跌进了白米囤——幸福来得太突然了！"

董桂荣说完，开怀大笑起来。我受他的感染，也放声笑了起来。

我说："据我所知，古松弄的居民对古松弄都有着很深的情怀，他们大多选择在外过渡，等着回迁。你为什么不想回到古松弄呢？"

"你错了。"董桂荣看着我，很认真地说，"我对古松弄的感情不要太深哦！我之所以急于要在外面买新房子，主要是考虑到我的老婆。你想，在外过渡至少要两三年时间，回迁后还要用半年多的时间装修房子。你说我和老婆有这个能力折腾装修的事吗？"

我摇头道："这几乎不可能。"

董桂荣说："我急于买新房子，就是想让老婆早日住进电梯房。她跟了我一辈子，也没有让她住到称心如意的新房子。想当初，她可是上海知青，去过东北的军垦农场，后来经人介绍到太仓和我结婚，无怨无悔地跟着我在古松弄生活了40年。她喜欢唱歌跳舞，退休后在太仓也算是活跃分子，她跳的《洗衣舞》还得过一等奖。70岁那年她得了肠癌，就再也不能到外面唱歌跳舞了。唉，我欠她的实在是太多太多了……"

董桂荣说到这里，眼眶又有点湿润。我赶紧说："现在好了，你们住进了新房子，也算弥补了你对爱人的愧疚之心。"

董桂荣点头道："所以说，我要感谢太仓市委市政府，感谢汪书记。正是因为城市更新，我们才过上了幸福的晚年生活。"

第五章
过渡房源何处有

在太仓有这样一个现象：老年人找出租房基本上是找不到的。因为你年纪大了，万一在出租房里不幸去世，这房子就没有人再敢租了。所以，房东是不愿意把房子租给老年人的。

正是考虑到这个因素，指挥部专门设了一个中介服务组，请了两家金牌中介公司的专职人员坐镇指挥部，接受老年人的咨询，并帮助他们寻找合适的房源。

政府为老百姓想得很周到，老百姓的需求却各有不同。有的要租底楼，出入方便，最好还有一个小院子；有的却想租高层，想坐坐电梯过把瘾；有的要与菜场近一点，方便买菜；有的要租在医院附近，便于看病；有的要远离闹市区，清静一点；也有的要离子女家近一点，相互能有个照应。

我在采访黄云峰时，他告诉我，老年人到外面过渡，形式多样，五花八门。有的是自己出去租房，有的是跑到乡下的老房子里去住，有的干脆住到子女家里；有的是子女出去租房，把自己的房子让给父母住；也有的就像董桂荣那样，拿了钱直接在外面买房子。

其实，黄云峰的找房过程也不是很顺利。房产中介为他介绍过，县府社区的程佳佳帮他找过，他自己也前后找了四五家，都没有成功。后来总算找到一家满意的出租房，房东虽然同意出租，但说了一句话让黄云峰心里很不踏实。房东说，这房子我以后是要卖掉的。黄云峰虽然不知道这话的真正含义，但想到万一租了一年半年的，房东突然要卖掉房子，自己还得搬走。无奈之下，他接受女儿的建议，住到了南郊为孙女辈准备的婚房里。

我和黄云峰闲聊时，他又提到了前面说过的老张头。

原来，90岁的老张头虽然同意了签约腾房，但要叫他找到一个过渡的安身之处，确实有很大的难处。因为老张头患有心梗、高血压、糖尿病，平时隔三岔五要去中医院检查、配药。儿子因工作原因，经常出差在外，女儿在乡下农村生活，所以家里就他一个人。指挥部的中介服务组竭尽全力为老张头找房，但每当跟房东说租客是一位孤寡老人，年过九旬，房东马上摆手喊停，"打住打住"，根本没有一点回旋的余地。房产中介公司为此打起了退堂鼓，县府社区书记程佳佳却不信这个邪。她暗下决心，一定要为老张头找到房子。程佳佳不但加了好几家中介公司员工的微信，还亲自开着车陪老人去看房，花费了很大的精力，也放弃了很多与家人团聚的时间。真是应了"功夫不负有心人"这句话，几经周折，最后终于在兴业楼那里为老张头找到了一套比较满意的房子。

中介公司在为老年人找房过程中屡屡受挫，便想出了一个歪点子，先不跟房东说是老人租房，等签了合同，房东也收了定金之后，再委婉地把实情告诉房东。这样做有一点先斩后奏的意思。还别说，真有房东不买这个账，收了定金怎么啦？我退还给你，什么，违约金？违约金我也认了。你能把我咋的？到最后，还是以中介公司的失败而告终。

老年人找房难，患病的老年人找房就更难了，简直难于上青天。

有一位机关部门退休的老干部，患有癌症，老伴身体也不好。原在古松弄住一楼，每周的周三和周五都由女儿陪着去中医院做透析。平时的开销也是很大的，常年的室温必须保持在25度左右，一年四季空调始终是开着的。而且吃东西也有讲究，女儿做菜放多少盐都要称分量，做到少盐少油。这次城市更新，退休老干部举双手拥护，并积极签约。但他本人却面临很大的困难，那就是到哪里去找过渡房？就算找到过渡房，谁来帮他搬家？为此，程佳佳跟中介公司联系了好多次，一定要找中医院附近的房子，便于老人每周两次的透析。后来终于找到一套房子，9楼，在中医院马路对面，全新装修，没住过人。但房东提出，一旦他想把房子卖掉，租房人必须搬走，并让程佳佳写下保证书。房东的要求，一下子把程佳佳难住了。她能做这样的保证吗？老人能经受住多次换房吗？肯定不能。既然不能，那只能跟房东谈，把老人的特殊情况说给房东听，反复做房东的思想工作，中介公司也在旁边帮着说话。通情达理的房东被程佳佳的执着和诚意所打动，最后同意将房子租给老人，并保证在老人过渡期间不收回房子。

　　古松弄 5 号的底楼住有一位 92 岁的老干部，叫叶萍，身体不是很好，老伴常年卧病在床。每天的生活起居都由女儿过来照顾，还要接送老人每周一次去中医院检查身体，有时一周要去两三次。这次城市更新，叶萍非常支持，而且不麻烦组织上为他找房。因为女儿在阳光花苑有一套 3 楼的房子，他决定搬到女儿家去住。但有个问题，阳光花苑没有电梯，上医院时谁来背他老伴上下楼？带着这个难题，叶萍的女儿找到程佳佳。程佳佳马上召开社区干部会议，会上大家一致同意把这个活儿给揽下来。只要老人的女儿打电话过来，社区干部第一时间赶到阳光花苑去背老人下楼，陪着老人看完病后，再把老人背上楼。在疫情封控期间，他们就穿着防护服，上门去背老人上下楼。有一天半夜，叶萍老伴突然发高烧，女儿打 120 急救电话，

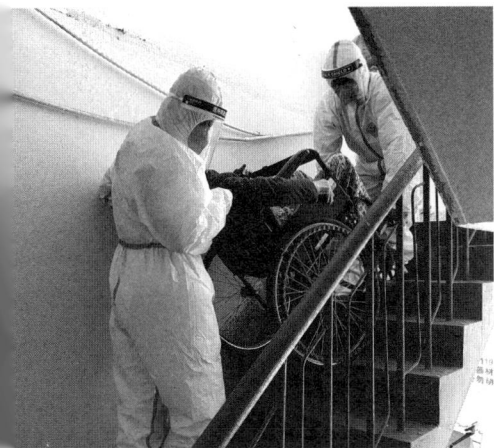

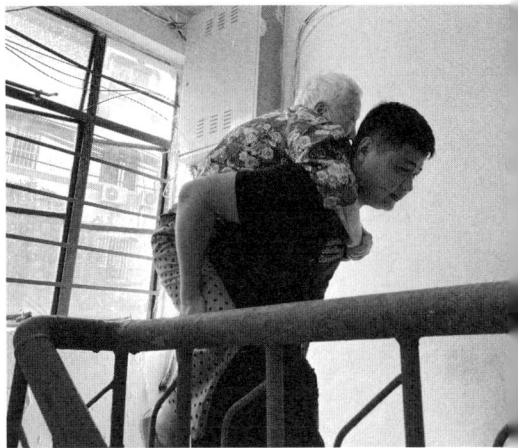

· 县府社区干部帮助叶萍老伴上下楼

·叶萍的女儿（右）给县府社区送锦旗

但得到的回答是疫情期间忙不过来，让他们自己去医院。叶萍女儿没办法，只好把电话打给程佳佳。程佳佳二话没说，马上落实社区干部穿好防护服，第一时间赶到叶萍家里，把他的老伴从3楼背下来，扶进轮椅，送到医院。县府社区干部的辛勤付出和热情关爱让叶萍十分感动，他特意请人做了面锦旗，上面写着"困难之时伸援手，尽职尽责暖民心"，然后送到县府社区程佳佳的手里，以表达他们的感激之情。

为了帮助老年人找到理想的过渡房，县府社区和东区社区为此付出了很多时间和精力。除此之外，各签约小组的年轻人也都纷纷行动起来，积极为老年人找房源。但许多找房行动都是过程很辛苦，结果却让人失望。

签约2组的王超说，有一户人家生活条件非常艰苦，所住的老房子面积连50平方米都不到。为了减轻他们的负担，工作人员想尽办法寻找低于市场租房价的房源。后来好不容易在人民路上找到一套房子，却因为周边环境太吵，加上房内设施不齐全，最终未能成功。

　　还有一家私宅，老人有两个女儿，小女儿嫁在了外面，大女儿也有自己的家庭，老人不方便去她家住。而且自己长期一个人住惯了，和子女住在一起总觉得不自然。老人便找到王超，想请她帮助找房。王超花了很多时间和精力帮老人找房，找了几处都没有成功，最后还是老人自己找到了满意的房子。王超没能帮上忙，总觉得有点对不起老人。但她为此付出了努力，尽到了应尽的责任，应该问心无愧。

　　相比之下，像董桂荣那样拿钱买房的，就省事多了。看中了哪套房子，和中介公司把价钱谈妥后，一切手续都由中介公司出面帮着办，不需要你动什么脑筋。在找房过程中，也出现了一些小插曲，说出来有点像说书先生编出来的逗乐段子。有一对老夫妻，男的 82 岁，女的 78 岁，住在古松弄。他们商量后决定货币结算，拿了钱在外面买一套电梯房。为了不贴钱，他们很快在滨河路某小区找到了一套理想的二手房，算下来正好可以以房换房，而且是拎包入住的电梯房，老两口感到很开心。但在办理房产证时遇到了一个问题，就是要提供两人的结婚证。两位老人结婚已经近 60 年了，结婚证早已经找不到了。两人便问，请派出所或者居委会出个证明行不行？回复是不行，一定要拿结婚证来，当然复印件也是可以的。原件都没有，哪来的复印件？年轻的办事人员急办证人员所急，想办证人员所想，说，你俩可以去婚姻登记处补办结婚证。老两口听了差点气倒。都这么大岁数了，还干这档子事？别人还以为我俩搞黄昏恋，玩浪漫主义呢！年轻人说，现在最浪漫的就是像你们这样的老年人，全国的旅游景点都被穿着大红大绿的夕阳红旅游团占领了，一边游山玩水一边玩着抖音，要多浪漫有多浪漫呀！广场舞更不用说了，都跳到了全世界。老人说，这跟办结婚证有什么关系呢？当然没关系啦！但你俩要办房产证，就必须提供结婚证。既然没有结婚证，那就去补办一张结婚证，就这么简单。老两口这回听了倒没有生气，现实摆在面前，也只能这么做了，否则拿不到房产证，一切都归零。老两口打听着摸到了婚姻登记处，接待人员很有经验地瞟了他们一眼，说你俩一点都不像是来离婚的。老两口听了气不打一处来——我俩恩恩爱爱 60 年，离什么婚？接待人员说，既然不是离婚，那一定是再婚，请双方提供原配夫妻的有关证明，比如离婚证明或者另一方的死亡证明。老两口听了差点再次气得晕倒。当然，最后在哭笑不得的喜剧情景中，老两口欢天喜地把结婚证给领了。

第六章
忍痛割爱做表率

城市更新，改变了城市的面貌，改善了百姓的生活，让许多老百姓得到实惠，这是众所周知、有目共睹的惠民工程。当然，古松弄的城市更新，也会给部分离退休干部带来感情上的不舍和经济上的损失。相对而言，他们的住房条件还是不错的。他们也从未想过要离开古松弄，所以对自己的住房也都进行过精心的装修，各方面的生活设施一应俱全，一劳永逸。

太仓的老领导、德高望重的离休老干部戴干，便是其中最为典型的代表。戴老出生于苏北阜宁，15岁加入儿童团，20岁来到太仓，到沙溪镇当区长。几十年的领导工作，退休前任太仓县政协主席，今年已是93岁高龄。

戴老原先住在古松弄地块的县府街上，1973年搬进古松弄，至今整整住了50年。当时，太仓县广播站就坐落在古松弄里面，后来因为地方太小搬走了。太仓县人武部搬进来后不久，也因为地方太小搬走了。县政府便在这里建了两幢二层楼的独家独院，安排两位资历最老的老干部居住，其中一位便是戴老。

戴老平时钟爱种树育花，在自己即将离休之际，开始在院子里栽培花木。由于院子里原先是一条干涸的小河，戴老特地去买了三卡车的泥土，把坑坑洼洼的院子给填平了。离休之后，戴老全身心投入花木的栽培之中，先后种植了罗汉松、红梅、绿梅、桂花树、白玉兰、黄杨树和金丝楠木，另外还精心培育了50多盆花卉。

我在采访戴老时，戴老有点骄傲也有点夸张地说："我花了30年时间种植的罗汉松，价值上百万哪！金丝楠木是我多年前从浙江买来的，你不知道，上百年的金丝楠木都是按斤两称的，跟金子差不多！还有一棵桂花树，也有40多年的树龄了，价值不菲啊！"

戴老为了他的"花木世界"，倾注了心血，也花费了大量的精力和财力。他在院子里特意打了一口井，安装了水泵。大热天，白天不能浇水，他只能等到晚上八九点钟，开了水泵抽水浇花，浇灌树木。戴老的老伴说，光水泵就被他搞坏了三台。

古松弄地方不大，房屋与房屋之间几乎没有什么绿化，所以戴老家的树木花草成了古松弄内一块不可多得的"绿肺"，也是浓缩版的原生态"园林世界"，曾被评为全国"绿色家庭"。戴老每天吃过晚饭，都要在院子里散散步，心情舒畅地穿梭于树木之间，并不时倾下身子闻闻芳香四溢的花卉。他感到自己的晚年生活幸福而美满。

2012年的时候，戴老就听说古松弄要拆迁，但几年来没啥动静。2016年，戴老特地去城建局打听古松弄会不会拆迁。城建局回答说不会，令戴老非常放心。既然不会拆迁，那就按自己的设想把独家独院好好地改造一下。他前前后后约花了18万元，把屋顶换成了琉璃瓦，把围墙重新整修一下，又在室内必要的地方都安装了扶手等养老设施。戴老是下定了决心要在古松弄安享晚年了。

戴老说，我几乎一辈子住在古松弄，我对这里有着深厚的感情。而且，我的院子里有那么多的宝贝，我怎么会离开这个幸福之地呢？

我在采访汪香元书记时，汪书记也说，戴老的独家独院，随便放在哪里都是令人羡慕的。让他搬迁，而且要让他彻底失去自己钟爱的独家独院，确实有点于心不忍。

戴老第一次听到城市更新的消息，开始是不以为然的。因为古松弄拆迁的消息在10年前就已经传来传去了，想必这次也是原地敲锣不迈腿。后来，市里面召开离退休老干部座谈会，听取对城厢镇三个地块城市更新的想法和建议，戴老才意识到这回看来要动真格了。戴老的政治意识是很强的，他对古松弄的现状也是知根知底的。从大局看，古松弄更新已是迫在眉睫，势在必行，否则对居住在危房里的老百姓不公平。但涉及自己的利害得失，又让戴老陷入了深深的纠结与彷徨之中。

城厢镇的领导来看望戴老，太仓市市长胡卫江也来看望戴老，当然来得最多的还是市委书记汪香元。来看望戴老的领导们都知道，戴老是风向标，他的一举一动对居住在古松弄的离退休干部将起到举足轻重的作用。

汪香元书记告诉我："我们不能做道德绑架的事，不能对戴

·副市长盛海峰（中）走访离休老干部戴干（左）

老说，你是太仓的离休老干部，有 70 多年的党龄，你要起到模范带头作用。每个人都有自己最正常的基本生活需求，无论对方是什么身份，我们都不能剥夺这样的权利。但如果戴老没有行动，城市更新工作就很难往前推进。好多干部群众都处于犹豫和观望之中，也都在看戴老有何表现，所以做好戴老的工作至关重要。我只能厚着脸皮，多次上门和戴老聊天，力争把工作做到他的心坎里。"

戴老则告诉我："每次市里和镇里领导来看我，虽然从来不提签约的事，但我心里明白，城市更新已经箭在弦上，一触即发，势不可挡。领导们都那么忙，城市更新又牵涉到古松弄 670 户人家签约和搬迁，如果工作不能如期推进，他们的心里会非常焦急。汪书记每次来看我，都说你的损失实在是太大了，如果换了是他，心里也会有千万个不舍。"

后来汪香元再一次来看望戴老时，戴老说："汪书记你工作那么忙，不要再来看我了，我已经决定签约了。"汪香元握着戴老的手说："感谢戴老的理解和支持，等到回迁的那一天，我一定亲自过来帮你搬家。"

1月27日，戴老在城市更新指挥部正式签约，然后抓紧寻找过渡房。市委老干部局和县府社区的程佳佳也帮着一起找房，但最后还是戴老女儿在华侨花园找到了一套过渡房。

2月28日，戴老正式入住华侨花园的过渡房。原先院子里的50多盆花草全都送了人，而那些珍贵的树木被陈晨安排人移栽到了西郊一个村里面，并安装了监控，争取在回迁时移到古松弄的小公园里，还戴老一个念想儿。

我在华侨花园戴老居住的过渡房里，与戴老一家促膝聊天。这次城市更新对戴老一家来说，损失确实有点大。因为评估都是一视同仁，并不会因为老领导的身份而有任何特殊照顾。他们6年前花了18万元装修，基本上没赔到一分钱。那些养老设施的扶手，腾房时被拆掉后放在院子里，像废铁一样堆了一大堆。戴老说，入党这么多年，听党话、顾大局、识大体，是一个老党员最起码的政治觉悟。戴老的夫人说，我们全家都拥护城市更新，也积极配合政府工作，以最快的速度签约腾房，那些观望不前的离退休干部看到老戴都签了，也都跟着签约。戴老的女儿说，我爸签约后，有一些不明事理的人说了一些莫名其妙的话，让我们很生气。有的说为了让我爸签约，市里领导答应专门为我爸建一幢别墅。有的说，市里面给了我爸三千万元补偿金。也有的说，市里面把娄东宾馆的高级房间无偿提供给我们过渡。戴老女儿的话，让我有点吃惊，也为戴老打抱不平起来。怎么会有如此离谱的谣言呢？戴老对这些谣言却似乎并不在意，他只是冲着我一遍又一遍地唠叨着，我的院子再也没有喽，我的花木世界永远见不到喽！

我非常理解戴老此时此刻的心情。当一个人把自己的所有情感，几十年来都倾注在了最心爱的东西上。突然间的失去，会是怎样的痛心疾首，又会是怎样的念念不忘。

临走时，戴老一家把我送到门口，并表达了一个共同的心愿，那就是盼着早日回迁，早日回到他们熟悉并寄托着情感的古松弄。

古松弄的居民虽然暂时离开了这里，但他们的情感确实还留在原地，并没有带走。这里包括一位知识渊博的文化人，他叫葛为平，他们一家四代人在古松弄整整生活了 38 年。

1984 年，葛为平一家入住古松弄，这一年正好葛为平的儿子出生。葛为平的父亲葛天民从党校迁回来一棵幼小的桂花树，种在了底楼的院子里，陪伴着葛为平的儿子一起长大。后来桂花树长成了参天大树，葛为平的儿子也长大成人，并在古松弄结婚成家。不久，葛为平的孙子也在古松弄出生了。再后来，葛为平也退休了，而他的父亲也以 97 岁的高龄在古松弄去世了。所以，葛为平一家对古松弄有着非常深厚的感情。

娄东宾馆东隔壁的小公园里，有一幢古色古香的建筑，叫作沧江楼。在一个晴朗的上午，我和葛为平就坐在这幢小楼的二楼窗前，一边品味着碧螺春新茶，一边信马由缰地谈天说地。两个同龄人茶逢知己，分外愉悦。

葛为平曾在太仓经编厂工作，当过工会副主席、办公室主任和团委书记。后来厂里建造家属宿舍楼，他是厂里的分房小组组长。按条件他是可以分到一套房子的，但他还是放弃了。一是父母需要他的照顾，二是舍不得离开古松弄，三是厂里僧多粥少，他想把房子让给更需要的人。

1992 年，是葛为平报考公务员的最后年限。多年来的蓄力，在这一年得到了淋漓尽致的迸发。葛为平摘得考试成绩第一名的桂冠，并顺利进入他心仪已久的司法部门。他先在司法局工作了两年，然后调到市委政法委工作，直至退休。

他说，在古松弄住了 38 年，最大的感受就是古松弄的氛围特别好。古松弄的民风很好，退休的老干部比较多，居民的综合素质比较高，多少年来没发生过什么违法犯罪的事情。邻里之间几十年来都生活在一起，相互之间非常友好。谁家电灯坏了，电视开不了了，下水道堵塞了，邻居们都会主动上门帮忙。像他住的这幢楼，一共 6 户人家，几十年来从未离开过古松弄。休息天或者晚上，邻居们坐在一起喝喝茶，聊聊天。有时突然下雨了，总会有人跑到院子里吆喝一声"下雨啦"！大家便纷纷出来收衣服。他退休之后，逢年过节总会邀请楼上楼下的邻居们团聚一下，开开心心地吃一顿，热闹热闹。古松弄是一个开放式的小区，每天晚上都会有一些邻居围聚在古松树下，谈天说地，张家长李家短，每家的情况邻居们几乎都了如指掌。

所以说，熟人社会几乎没有违法犯罪的事情发生，谁要是做了坏事，马上就会传遍整个古松弄，谁敢做呀！

葛为平用一种非常肯定的语气说，熟人社会，就是通过一种民间的力量来规范自己的行为，自我约束，达到对社会的综合治理，从而成为一种成熟的社会。

我不禁用敬仰的目光，看着眼前这位从事法律工作多年的同仁。

对于我提出的古松弄文化，他沉思片刻后给了我一个无可辩驳的回答。

他说，最能体现古松弄文化的，应该是这种和谐相处、互助包容的邻里文化。这种文化体现在古松弄居民的日常生活之中，是融入老百姓骨子里面的良好习惯。

正因为老百姓对古松弄有着很深的情结，所以暂时要离别古松弄，大家的心里都有着许多不舍。虽然大家都知道，政府为老百姓做了一件大好事，但古松弄以前的模样将消失殆尽，老百姓的心里还是很失落。

从葛为平的言谈中，我也深切地感受到他内心深处的那份失落。葛为平从未想过离开古松弄，他是准备和古松弄结缘一辈子的，所以他给自己的庭院、书斋、天井、桂树以及主屋皆冠了名。比如把庭院题为"凝霞园"，把书斋题为"随心斋"，把主屋题为"天云阁"，把南楼题为"简阁"，把桂树题为"筛金"，天井因为有棵桂花树，便题为"香井"。他还花费了大量时间和精力，把自己的家整修得古色古香，地上铺了青砖，会客厅里竖起了柱子，挂上了楹联，墙上挂有多幅书画。他的书房更是布置得书香气十足。那时他的父亲葛天民还健在，一家人在舒适的小院里自得其乐。2009年，葛天民为"随心斋"赋诗一首："绿影婆娑香井畔，尺园一角看云天。书斋虽陋随心意，咏月吟风不羡仙。"父亲有诗在先，儿子也不甘落后，他在2011年为"凝霞园"写出了精辟独到的《凝霞园记》："尺园一隅，楼栏廊阁皆巧夺，藏古纳今；香井半方，荷兰竹桂尽雅致，泼绿点红。和风满园，暖巢小秩。天光赐，正脉南传，坎坷岁月笑冬夏；霞彩佑，陋窝三迁，同堂四世语春秋。胸宽斗室畅，心静风浪无，岂不以训尔。"父亲去世后，葛为平在院子里搭建了一上一下两间屋子，供市里的古诗词爱好者定期前来聚会。他说，诗词协会是父亲经营了几十年的心血结晶，我一定要接过他的接力棒，让太仓的诗词协会越办越好。

当古松弄城市更新的消息一锤定音时，葛为平的心里是很矛盾的，也产生过一些抵触情绪。想到他钟爱的书房即将化为乌有，想到院子里那棵桂花树即将离他而去，他的心就会如锥刺般疼痛，一种依恋不舍的惆怅情绪就会涌上心头。但葛为平毕竟是葛为平，在政府机关多年的历练，使他具备很强的政治觉悟和思想素质。他看到了政府对城市更新的决心和信心，又看到政府为民着想，推出了那么多的惠民政策。对照自己的小我，他内心感到羞愧难当。他很快调整好了自己的心态，并积极配合社区做好居民的解释和调解工作。就在自己整整住了38年的房屋被拆的那一天，他怀着一种"壮士一去兮不复还"的心情，填词一首《清平乐·拆前盘点》："小楼黛瓦，修竹南窗下。屋角青藤爬满架，几只鹧鸪入画。那树开过金花，那缸装过晚

· 葛为平精心打造的古松弄住宅

霞。故事西墙半壁，一堆砖落谁家。"

古松弄的老百姓都知道葛为平懂法律，所以在城市更新过程中遇到一些法律方面的问题，都来请教葛老师。包括陈晨和程佳佳，他们都告诉我，去找过葛老师，请教一些工作中遇到的法律问题。

葛为平这幢楼的底楼人家，都在院子里搭建了房屋，用作吃饭间或者储藏间。葛为平也花了 10 多万元在院子里搭建了两间屋，用来供诗友们聚会，上面一间 20 平方米，下面一间 40 平方米。从严格意义上说，在院子里搭建房屋属于违章建筑，所以在评估时只能按每平方米 180 元予以象征性的补偿。这样算下来，两间屋子葛为平只能拿到 10000 元左右的补偿费。同样如此，所有底楼人家也只能拿到很少的补偿费。这样的结果，让住在底楼的人家很难接受。有一位老太太在底楼有两套房子，所以院子特别大，建了 4 间房屋，非常称心如意。她找到葛为平说，她已经请到了上海的律师，准备发动底楼人家一起打官司。她说法律上有规定，在城市规划法出台之前院子里搭建的房子，应该按原房同等待遇。也就是说，院子里的房子，也应该按原房 18450 元一平方米的同等待遇结算。

葛为平把底楼人家召集在一起，跟他们说，大家想争取一些合法权益没有错，但我们也要面对现实，服从政府的工作大局，在政府制定的政策范围内争取合法的权益。于是，底楼人家通过正常途径把自己的诉求反映上去，很快得到了一些合理的调整，葛为平感到非常满意。但那位老太太还是不肯签约，于是，葛为平单独找到她，从法律的角度跟她阐明道理。他说："你所说的城市规划法出台之前按原房同等计算，确实有一定的道理。但必须有个前提，那就是你家院子的土地是属于你的完全产权。而事实上，你家院子里的土地并不属于你一家独有，而是整幢楼共同拥有的。在你家的房产证上写有院子的土地面积，但楼上的每一家房产证上也同样写有院子的土地面积，所以你家的院子只具备了不完全产权。因为你是底楼，所以在院子里搭了小屋。如果楼上的人家不同意，你是不能搭建的。正因为邻里之间关系非常好，都同意我们底楼人家在院子里搭建房子，但并不说明这院子的土地面积就是我们自己的了。所以我们要知恩图报，应该感到知足才对。"

在葛为平的耐心解释和劝说之后，老太终于明白过来，并爽快地办了签约手续。

我们的聊天热烈而融洽，中间未有过冷场，不知不觉太阳已移至正南方向。葛为平见我要走，赶紧从包里掏出几张纸，说道："这是我的一篇拙文，你拿回家看看，请多多指教。"

我接过稿件一看，是葛为平特地为古松弄写的《古松弄记》。我不自觉地露出惊喜的表情，然后迫不及待地看了起来。全文如下：

弄深千尺，名播万家。得于此名，乃临街有古松是也。

嘉树苍翠，城关孑立，荫庇四季，霜雪百年。通天地，见变迁，朝迎紫气而生籁，夜共明月以守安。于是乎，鸟栖良木，人隐大市，拔楼起栋，补绿宽衢。路贯南北，鳞次东西，落户数百，居民逾千。

观弄里，盼周遭，古迹今胜，目不暇接。拜褐太师第，明朝首辅，金流铁液，四代一品，儒风佛面。抬眼致和塘，清波白鹭，春锦秋香，燕剪柳丝两岸，月映州桥半影。返身面北，移步三百还看，青梧接叶，红臂排街，幼园扑蝶，实小飞莺。是此，路者其情岂能不喜，居者其心焉有不安。

终日市井，烟火了然。环视街头，商招次第；寻履巷尾，气象万千。童子执白于棋院，翁妪提篮于菜市。霓裳巧剪，裁缝三家斜对；夕阳淡抹，烤鸭两店相连。满仓包子，鲜流皓齿；倪氏灵骨，香送朱唇。清清水产，渔取三江四海；阿张果业，货集百圃千山。熟食半街，引半城熟客；白铁一铺，便一周芳邻。呜呼！树底谈天，长吏与布衣交耳；花前听鸟，琴师为黄雀扶弦。少兰寒汀，西楼画彩；张公葛老，东篱吟风。君不见，壁藤青黄，皆成旅梦；邻里饭否，尽为乡愁。盛世殷民，何人不含其饴而度日；松高延年，何人不为其而感恩。

奈只奈，其址老矣。楼乏坚体，垣无严周，业难其管，车难所泊。悠悠万事，民生为大，政府举鼎，革旧匡危。辛丑谋，壬寅动，百日立契，三载回迁。官榜一出，住民皆应，虽有不舍，小巷大义未央。孔子曰：仁，远乎哉？

地域更新，蓝图可期。思之每每，欣欣不已。然，旧貌一改，文脉难继，今者不缀，后者无忆，此为众忧。予亦感极，故作此记。

古松弄住民葛为平写于壬寅仲夏

此《古松弄记》独到精辟，一气呵成，短短一篇文章将整个古松弄囊括其中。我感慨道："自以为我对古松弄情有独钟，想不到还有对古松弄如此深爱痴迷之人。这《古松弄记》写得太有价值了。如有可能，把这《古松弄记》刻于石碑，矗立于回迁之后的古松弄内，让老住民有个念想，让新住民有个传承，岂不是一件功德无量之美事？"

葛为平摇手说道："谢谢奚兄抬爱，写此拙文，纯属有感而发，不足为奇。"

我看看时间已过午时，便起身告辞。葛为平送我走出小楼，在小公园里又边走边聊了起来。葛为平说，他暂住在小北门阳光花苑，好多次骑了自行车去兴业楼菜场买菜，回来时自然而然就来到了古松弄。看到正在拆房，才想起自己走错地方了。

我笑着说："那是因为你的灵魂还留在了古松弄。"

葛为平苦笑了一下，无奈地说："住在阳光花苑我就感觉自己是一个外来人员，离开了熟悉的家园、熟悉的邻居，很难融入一个新的环境之中，各方面都感到是那么的陌生，那么的不习惯，那么的格格不入……"

在公园外面的路口，我们握手告别。葛为平仰望着白云飘过的晴朗天空，用一种近似于乞求的目光说道："但愿能早日回到我魂牵梦萦的古松弄。"

第七章
顾全大局亦艰难

　　在古松弄地块上，除了部分离退休干部的住房条件比较好之外，府南新村7幢和8幢的房子也属凤毛麟角，算得上古松弄最好的房子了，既通天然气，又有地下车库。所以住在这里的49户人家，对城市更新的积极性不是非常高。

　　王蕴倩是府东新村7幢和8幢的居民小组组长，平日里配合社区为居民做了很多事情，所以在居民中享有很高的声誉。在这次城市更新过程中，王蕴倩的一举一动在居民中有着非常大的影响。

　　府南新村7幢和8幢于1999年建造，在当时属于样板房，有省优质工程证书，在市区里面属于最好的房子。王蕴倩当时买了一套6楼的房子，面积133平方米，加上面积约100平方米的阁楼，还有南、北两个阳台，生活非常舒适。后来考虑到自己要在这里养老，年纪大了爬楼梯不是很方便，3年前在2楼又买了一套二手房。自己和丈夫搬到2楼住，把6楼让给女儿一家居住。白天，女儿、女婿和两个外孙都在2楼生活，吃过晚饭女儿一家回到6楼。一家人有分有合，王蕴倩认为这是一种最理想的生活方式。而且这里地理位置又好，离菜场很近，离中心公园很近，离中医院很近，离相处了几十年的左邻右舍很近，更主要的是离实验小学很近。她的两个外孙都在实验小学读书，从她家走到小学只要5分钟的时间。所以大外孙可以步行去上学，小外孙只要提前5分钟就可以把他送到学校。

当王蕴倩听到城市更新的消息时，心里是有一点抗拒的。无数个晚上，她躺在床上，望着屋顶，左思右想，顾虑重重，彻夜难眠。同样如此，居住在府南新村7幢和8幢的绝大多数人家，都在王蕴倩面前表现出了抵触情绪。当签约小组上门时，大家都采用各种手法予以阻挠，甚至把工作人员拒之门外，不给对方见面的机会。看到这样的情景，王蕴倩的心里感到很难过，又很惭愧。自己作为一名老党员，又是居民小组组长，服从大局，是一名党员最起码的政治觉悟。如果自己尚且犹豫彷徨，会给居民们带来什么样的影响？经过激烈的心理斗争，王蕴倩很快调整好了自己的心态，配合社区和签约小组，一家一家上门做居民的思想工作，并和同住在府南新村的机关干部龚雪刚一起带头签约。他们的实际行动终于影响到了左邻右舍，通情达理的居民们也都纷纷签约。当然，其中也有提出一些无理要求、坚决不肯签约的人家。7幢的顶楼有6户人家，其中4户人家已经签约，偏有一户不肯签，执意要用阁楼面积换一套小户。还有一户因为以前老房子的历史原因，非要提出来先解决历史问题，再谈签约的事。针对这种棘手的事情，王蕴倩配合程佳佳和签约小组的沈玉玉不厌其烦地上门反复做工作，最后终于圆满解决。

既然带头签约，还得带头腾房。搬到哪里去？王蕴倩早已经盘算好了。不必出去找房子，就住到女儿原先住过的金色江南小区。

金色江南在接近城西的街上，离古松弄的距离几乎贯串整个城厢镇。那么问题来了，两个外孙上学怎么办？大外孙必须在早上 7 点半上学，而小外孙是在早上 8 点 10 分进学校。经过家庭会议商量决定，在弇山小学当老师的女儿每天提前出门，先绕个道送大儿子去学校，然后自己再去上班。女婿是警察，负责送小儿子去学校。但因为他的工作存在特殊性，可能做不到天天如此，这个暂且不论。接下来，两个外孙放学后谁来接？当老师的妈妈和当警察的爸爸，肯定不可能掐着点儿来接。那么这个无比艰巨的任务，只能落在了王蕴倩的肩上。

在采访王蕴倩时，说到接两个外孙的事，她无奈地直摇头。她说只要不下雨，就骑着自行车去实验小学。先去接小外孙，然后到县府社区休息。过了一个小时，再和小外孙一起去学校门口接大外孙。然后把两个书包挂在车前的把手上，小外孙坐在车后的书包架上，大外孙跟在她的身后，她推着自行车整整步行 40 分钟。当时大热的天气，每天回到家里衣服都已经湿透了。趁着女儿、女婿没下班，先抓紧进卫生间洗澡换衣。一家三代 6 个人挤在 120 平方米的房子里，生活上有许多的不便。特别是大热天，会感到家里面特别拥挤。老两口都是吃过晚饭收拾完后，赶紧进房间开了空调看电视，把外面公共活动的地方让给他们 4 个人。

我听了很感慨，为了古松弄的城市更新，王蕴倩一家为此默默付出了许多。特别是接送孩子上学和放学，原本完全不是个事，现在却成了最大的问题。每天如此的话，要整整坚持 3 年的时间，能坚持得下来吗？

王蕴倩苦笑着说："70 多岁的年纪了，哪里坚持得了啊！没坚持多久，我就累得中暑倒下了。女婿说，这样不行，得重新想办法。经过家庭会议再次商量，决定让我接了两个外孙后就等在社区里，等女婿或者女儿下班后再过来接我们。社区书记程佳佳对我们一直都非常关心照顾，县府社区由于搬迁，临时办公的地方不是很大，但她硬是挤出一间屋子，作为我们居民接送孩子的临时安置点。"

在整个采访过程中，王蕴倩给我的最大感受，就是一位平凡的党员所体现出来的朴实而真诚的思想觉悟。其实她家的情况和戴老家有一些相似之处。3 年前，她花了 18 万元把 6 楼装修一新，并在室内安装了楼梯通往阁楼。但在这次房屋评估中，也和人家的老房子一样，以同样的标准进行评估。如安装室内楼梯，她花费了 2 万多元，评估下来只有 1000 多元。应该说，王蕴倩家是吃了大亏的，但她对此无怨无悔。她说："政府为市民办好事，让大多数居民脱离危房，改善生活，我应该顾全大局，不能为了自己的得失而为难政府。再说，等我们回迁以后，就可以住进有电梯的新房，现在想想心里真的很开心。"

顾全大局，说起来很容易，特别是要求别人的时候，可以脱口而出。要让自己做到顾全大局，还真是一件非常艰难的事情。因为顾全大局，必须以牺牲个人利益作为前提。在这次城市更新过程中，不少古松弄的居民确实做到了顾全大局。对一些年迈的居民来说，他们只要有一个安身的屋子和熟悉的环境就可以了，房子新不新不是最重要的，他们没有这方面的需求。这次搬迁，他们听党的话，听政府的话，不顾自己的身体安危，甘愿失去自己熟悉的环境，到一个陌生的地方去过一种孤独冷清的生活，他们的行动就是对顾全大局的最好诠释。

不仅古松弄的老百姓是这样，长期居住在古松弄的外地人亦同样如此。

喻老板是江西人，2001 年来到古松弄，开了一家"子江"门窗经营部，在古松弄整整生活了 22 年。他告诉我，当年自己才 30 多岁，如今已经年过半百。他早已忘了自己是外地人，左邻右舍也都认为他就是古松弄的人。

喻老板当时是带着老婆和两个孩子来到太仓创业的，在选地址时也没有多考虑，就选在了古松弄。他说，当时的古松弄很安静，店也不多。印象最深的是有一个圆顶的菜场，不是很大。还有一家粮站，隔壁有一个医疗室。粮站搬走后变成了大饼油条店，再后来就变成了网红"满仓"包子铺。

喻老板在古松弄租了一上一下两间屋子，上面住人，下面开店。当时他的儿子上幼儿园，女儿读小学，两个孩子的青少年时代都是在古松弄度过的，所以对古松弄也有着很深的感情。喻老板告诉我，刚来太仓时生活非常艰苦。要交医保、社保，两个孩子要上学，刚开始生意又不好，所以每年的 2 月和 8 月，他的脑子就发晕，因为要交房租，孩子们也要开学了。幸亏古松弄的老百姓对他们非常友好，不拿他们当外人。左邻右舍经常接济他们，做了什么好吃的，就送过来给两个孩子吃。同样，喻老板也尽自己的最大努力，去帮助左邻右舍。22 年来，古松弄的每一户人家他都去干过活。到后来哪一家住了哪几个人，包括他们的门牌号，他都可以随口说出来，而且准确无误。

我听了笑道："这说明你在古松弄的人缘非常好。"

喻老板听后，一点也不谦虚。他说："那是当然。只要左邻右舍家里需要帮忙的，都会说'去叫小喻，去叫小喻'。我只要听到有人叫，总是第一时间带着工具赶过去，帮他们解决问题。他们要给我钱，我坚决不要。这些小事情，对我来说是举手之劳，哪能要他们的钱。包括我租的房子，什么水电坏了，马桶坏了，房顶几次漏水，都是我自己花钱买了零件修好，从来不去麻烦房东。有一次，离休老干部韩金山家的保姆过来叫我去修东西，我修完后韩老非要给我钱，我坚决不要。谁知我回到店里不久，韩老竟然挂着拐杖摇摇晃晃地跟了过来。他说你们挣钱也不容易，虽然帮我们修东西不是你的本行，但你的付出我不能坐享其成，这钱你一定要收下。听了韩老的话，我心里真的很感动。我作为一个外地人，他们却非常地尊重我，包容我，没有把我当外人。"

我说："在古松弄居民的眼里，你不但是古松弄的人，还是他们念念不忘的家里人。"

喻老板听了垂下头，有点伤感地说："这次搬迁，我非常不舍。想到要离开生活了 22 年的古松弄，离开那些熟悉的左邻右舍，我这心里头总感到空落落的。邻居们在搬迁时，也纷纷前来跟我告别，并要我在找到新的地址后一定告诉他们。我是今年3月份搬离古松弄的，在镇政府的南边租了房子，刚把店面整修好，还没有正式营业。原先在一个熟悉的地方，房子租了整整20多年，生意也越做越好。但为了城市更新，我只能停产停业，搬到一个陌生的地方，生意也没了，人气也没了，房租也高了，应该说损失蛮大的。但没办法，政府为民办实事，我们每个人都应该顾全大局，支持政府的工作。在搬迁后的几个月里，我至少去过古松弄20多次。看着那帮拆房工人在拆房子，看着古松弄的老房子正在一幢幢地倒下，我的心里总有一种被刺痛的感觉。"

我望着眼前50多岁的喻老板，心想这个外地人竟然对古松

·作者采访喻老板（右）

弄有着如此深厚的感情。

喻老板说："已经有好几个人过来看我了。其中有一位80多岁的老邻居，他的过渡房就在附近，几乎每天都要到我这里来坐坐，说说古松弄以前的事情。还有一位86岁的老人，打电话说要过来看我，我知道他身体不好，不让他过来。但他有一天还是打听着摸了过来，在这里坐了很久才离去。还有好多邻居经常打电话给我，问我有没有生意，生活过得怎么样……"

一个外地人竟然能成为古松弄老百姓牵挂的人，这样的人不得不令我敬仰和崇拜。

在古松弄靠近县府街的地方，有一家名为"青松"的点心店。店老板叫万启琴，40多岁，因为身材微胖，邻居们都亲热地叫她"胖阿姨"。

胖阿姨2004年结婚，那个时候她还不胖。刚结完婚，经亲戚介绍，便和丈夫来到太仓创业。先在东郊一带打工，第二年，胖阿姨回老家生孩子。丈夫一个人留在太仓，在古松弄表姐家开的"青松"点心店里打工。胖阿姨生完孩子很快回到了太仓，并在2008年从表姐手里把点心店盘了下来。经过4年的起早贪黑，艰苦打拼，终于在2012年从银行贷了款，从亲戚朋友处借了一些钱，再加上自己赚到的钱，凑了60多万元，在古松弄8幢的底楼买了一套80平方米的二手房。因为底楼的院子很大，房东在院子里搭建了约15平方米的屋子。胖阿姨的丈夫说，在买房时考虑到家里人多，儿子生在了古松弄，他妈从老家过来帮着带孩子，加上女儿也在太仓读书，一家5口人住一套 80 平方米的房子显然房间不够。他们之所以看中底楼的这套房子，就是因为院子里有这么一间屋子，可以改善他们的居住条件。为此，他们买房时还多付了 2 万多元。但由于这搭建的屋子是平顶，几年住下来开始漏水，他们又花了几千元把屋顶重新整修了一下。

这次城市更新，对胖阿姨夫妻来说，有一百个不愿意，一千个不舍得。胖阿姨的丈夫说，中国人对家的观念非常强。他们夫妻俩在古松弄白手起家，好不容易有了一个自己温馨的家，现在却要离它而去，心里是很难过的。而且他们的压力比古松弄的居民要大得多，人家只要找到过渡房就解决问题了，而他们既要找过渡房，又要找门面房，否则他们的生存就会出现问题。再说女儿在实验中学读高三，儿子在实验小学读六年级，离古松弄都非常近。而现在不知要搬到哪里去，孩子上下学怎么办？夫妻俩想到这一点，就感到非常揪心。

胖阿姨说："其实我们心里也明白，这是政府的实事工程，涉及 670 户人家的切身利益。我们应该顾全大局，不能因为自己的百般不愿千般不舍而拖了政府的后腿。东区居委对我们非常关心，在去年 12 月 9 日动员大会之前，陆主任就来提醒我们，要早做准备，抓紧找房，不要影响了今后的生活。所以我们在去年 10 月份就开始找出租房和门面房，一直到 12 月才在柳园路上找到一套过渡房。今年 1 月份我们就签约了，2 月份我们就搬到过渡房里居住了。"

我说，在古松弄的商铺里面，你们应该算是最早签约的一家。

胖阿姨说："我们当时想的是，既然城市更新是必须要做的事,那我们还不如早点签约,早点腾房,让政府早点拆房,早点建房,我们也就可以早点回到古松弄,搬进新房子。"

我直截了当地问:"这次城市更新过程中,你们在经济上是否承受了一些损失?"

胖阿姨听了直摇头,她说:"这笔账没法算。既然你提起了,我就算给你听听。我们买房时因为院子里搭建的那间屋子,加上后来的整修,一共多花费了3万元钱,但在评估时只象征性地拿到1200元的补偿。另外,我的店铺在2020年5月花了4万元重新装修了一下,才过了一年多就要拆掉,这次评估下来只赔了我2万元。再说,我在柳园路找的店铺,转让费出了2.5万元,每月租金3000元,从2021年12月开始付,到今年5月8日才正式开门营业。这期间5个月的租金就是1.5万。也就是说,生意还没开始做,4万元钱就花出去了。而古松弄店铺的租期到今年3月才到期,到了3月又因为疫情封控出不去,店铺租金还得继续付。这么一折腾,我们白白损失了好多钱哪! 10年前买古松弄的房子,贷款才刚刚还清,亲戚朋友的钱还有一部分欠着哪!"

我有点吃惊地问:"你们10年前买的房子,在古松弄也整整居住了10年,怎么买房的借款还没有还清啊?"

这一问不打紧,胖阿姨扳起手指给我算起了进出账。夫妻俩每天凌晨两点半起床干活做点心,起早贪黑,每个月的收入两个人加起来才7000元左右,一年10万都不到。每个月她的医保加社保1200元,一年就是1.5万元。另外,因为身体原因,她一直在吃老家寄过来的中药,每月1500元,一年就是1.8万元,现在已经吃了两个年头了。还有每年两个孩子读书的费用，全家的生活开支，给安徽老家的长辈寄钱。再加上店铺每月3000元的租金，一年就是3.6万元。你说一年还能多出多少钱来？

我听了连连摇头，感叹道："你们能做到收支平衡，已经算不错了，确实存不下钱来。"

胖阿姨说，一个肉包子卖2元钱，菜包子1.5元，一天能卖出去多少？就算一天能卖掉100个，哪怕是卖掉500个，又能赚多少钱呢？再说，原先在古松弄，有那么多熟悉的人，生意也比较稳定。到了这里，人生地不熟的，除了住在旁边的人家和一些过路的行人来买些点心，生意确实比以前清淡了很多，这些都是无形的损失啊！

我很同情胖阿姨目前的处境，刚想安慰她几句，谁知她又跟我算起了回迁后的经济账："回迁后我可以拿95平方米的房子，但我两个孩子都大了，95平方米肯定不够住啊！那如果我想拿115平方米的房子，超出部分除了5平方米优惠价之外，其余部分按市场价计算，加上车位费、装修费，算算起码得80多万元，压力太大了。再说儿子才15岁，要是现在装修了，等10年后儿子结婚还得重新装修，所以现在装修对我们来说是一种浪费，但不装修，毛坯房又没法住人。"胖阿姨叹了口气又说："说心里话，最好是维持现状不要动，老房子够我们一家人住的，院子又那么大，店铺生意又稳定，邻里之间又相处得非常好。10年后等儿子结婚时，我们多少也有了一些积蓄。儿子要买房我们给他承担一个首付，应该也是没问题的。所以说，这次城市更新对我们来说不但没有受益，反而背负着很大的精神压力和经济压力。"

胖阿姨说完看着我,有点不好意思地说:"我随便说说的,你不要写到书里面。其实反过来想,把破房子换成新房子,对我们来说也是一件开心的事情。再说新房子总比老房子值钱,以后儿子结婚也体面得多了。"说完,胖阿姨开心地笑了起来。

多么可爱而善良的胖阿姨。祝愿她的点心店一夜之间生意火爆,过渡期间能赚到很多的钱,等到回迁后不用为购房钱而发愁。我知道,这样的祝愿空洞而不切实际,显得过于天真和幼稚,但随它去了,天真就天真,幼稚就幼稚吧!

第八章

笃志前行正青春

　　在城市更新行动开始之前，城厢镇通过推优政策，从 50 多位机关部门的编外人员中，经过笔试和面试，正式录用了 12 位工作人员。这 12 位年轻人平均年龄在 30 岁左右，火一样红的青春，充满了激情和活力。他们还没来得及到社区或村委会报到上班，便被安排到了太仓市城市更新城厢镇指挥部。这 12 位年轻人分别是赵寅、朱俊、杨洋、王超、刘玉、沈玉玉、薛晓婷、张怡、时代伟、陈丹、黄云扬、张健。他们是这次城市更新行动中的主力军，是冲锋陷阵的功臣。这其中除了陈丹被安排在指挥部办公室负责文秘工作，时代伟留在原城三小地块指挥部外，其余 10 人全部在古松弄地块指挥部。他们被分配在 10 个签约小组，每个人负责一个小组。城市更新,对这些年轻人来说,是一次最具挑战性的人生历练。

　　汪香元书记在一次现场办公会议上，很明确地告诉这些年轻人，准备好掉几斤肉，哭上几回，方能把这艰巨的任务完成

· 评估小组开展入户评估工作

· 现场办公

好。这话还真是说中了。在我的采访中，这些年轻人从不知所措、两眼一抹黑、无从下手，到知难而进、迎难而上、咬定青山不放松，对"三百一千"的终极目标发扬了"五加二""白加黑"的拼搏精神，最终以提前一百多天完成签约任务而大获全胜。这里面包含了他们太多太多的艰辛和付出，也包含了他们太多太多的委屈和眼泪，当然还包含了

· 集体签约

太多太多的喜悦和满满的成就感。

在东林村的一间办公室里，我和已经正式上班的赵寅聊了整整半天时间。他对这次参与到城市更新行动感慨万千，他说："这段难忘的经历，是我最宝贵的一笔人生财富，对我今后的工作会有很大的帮助。虽然当时很忙很辛苦，甚至有点拼命，但非常值得，现在已成为我最美好的回忆。"

赵寅是 2021 年 11 月进入古松弄指挥部的，配合东区社区对居民进行排查工作，主要查身份证、户口本、房产证、土地证和家庭情况。赵寅说："12 月 9 日动员大会之后，开始进入评估阶段，我们分成 10 个小组，1 组到 5 组配一个拆迁公司，每个小组 3 个人，其中 2 位是拆迁公司的工作人员。每天上门评估都在 10 多家，每家大概 1 个小时，一天 10 多个小时连轴转，所以大家总会忘记吃中饭，也从不考虑什么时候下班。有时饿急了，就买个包子充充饥。走累了，就靠在树下或者人家的墙根处休息一下。在工作方法上，先是确定明天要走哪几家，第二天一早开始联系房东，哪家房东在就去哪家，哪家不在马上联系下一家。事实上许多房东白天都不在家，所以我们大多在晚

· 赵寅在登记居民有关信息

· 赵寅和王超边等人边休息

上去房东家进行评估，很多时候回到家里都已是深夜了。"

古松弄有一个菜场，对它的补偿评估是比较复杂的。这对赵寅来说，确实是一个无从下手的挑战。因为里面有很多摊位，很难评估。有些方案房东认为可以，租客认为不可以，他们觉得自己有的装修没有被评估到。菜场又是两个产权人合伙的，涉及的继承人有 8 个人。平时都是由二房东在管理，所以产权人之间意见不统一，各有各的想法。有的认为差不多，有的认为没有达到他们的心理价位，甚至通过吵架和软磨来打探赵寅小组的底线，最终想达到菜场与商铺的同等待遇。

赵寅说："为了这个菜场的评估，我与菜场的产权人反复沟通，宣传政策，守住底线，明确告诉对方菜场与商铺有着本质上的区别，不能相提并论，最后终于把工作做通。两个产权人其中一人拿货币走人，另一人拿三个门面房。签约那天，我把所有的继承人都叫到一起，从下午一直弄到晚上 7 点多钟。签约之后，我与菜场的产权人关系处得很好。那天我一上班，产权人约了二房东和承租户到我办公室分钱。在我的见证之下，他把钱分给一大群承租户。有一个老阿姨为了 1000 元钱跟二房东吵得不可开交，我只能在旁边劝，并耐心解读有关政策，最后总算顺利完成菜场的签约扫尾工作。"

除了菜场，赵寅还负责东港路上的部分商铺。其中有一户商铺的房主自以为懂法律，从百度上找了一些国务院的有关文件，跟签约小组见面时有点居高临下。赵寅说："刚开始我心里有点虚，怕自己的知识储备无法应对房主的各种提问。对方主要是想把自己的违建面积也要算在房产证里面，这显然是不可能的。我先耐心地听他云里雾里地侃侃而谈，聊了 3 个小时之后，他讲累了，便开始听我对城市更新的政策解读，慢慢地他对我失去了抵抗能力，同时被我的贴心交流感动了。我知道自己快要成功了，只要相互理解，签约就不成大问题。后来，我们加了微信，成了好朋友，平时还经常发个微信问个好。"

东港路上还有一位产权人，年龄与赵寅相仿。赵寅第一次与他接触时，对方提了很多问题，搞得赵寅很难招架。后来通过聊天，得知他俩还是同一届的同学，一下子就拉近了关系。赵寅向他讲明有关政策，并告诉他有什么疑问自己回答不了的，可以带回去向领导汇报。对方提出来他出租的门面房只有 17 平方米，而置换时最小的门面房要 34 平方米，自己要贴很多钱，经济上会增加不少困难。赵寅将这个问题提交上去之后，领导很重视，反复研究，最后决定尊重民意，特地更改设计方案，为这些小面积的房东调整出相同面积的出租房，解决了房东的后顾之忧。到了3月18日正式签约之时，产权人第一个赶过来带头签约，作为对赵寅工作的支持，从而也带动了一些商铺的顺利签约。赵寅说，通过实践，他发现有些提很多问题的房东，到最后签约时反而很爽快。而一开始嘴上很热情的，到了签约时往往"狮子大开口"，提出很多无理要求。

有一家商铺的产权人，因她的丈夫已经去世，涉及商铺继承的问题，她不是很清楚，便求助于赵寅。赵寅带着她去找驻指挥部的法律顾问，确定了产权人丈夫的妈妈、姐姐、儿子三个人有继承的权利。但姐姐的身份证上的曾用名和现用名不符，如走正常途径需要两个多月的时间。赵寅又去找了属地派出所，20多天便解决了问题。然而在继承人办理手续时又出现了新的问题，产权人丈夫的妈妈已经90多岁，行动不便，又住在璜泾镇的敬老院里。赵寅便和产权人约好晚上一起去璜泾敬老院，并准备好了白大褂，到了晚上突然因疫情而遭遇封控，寸步难行。等过了封控期，他们才赶到璜泾敬老院，在门口穿着防护服，让90多岁的老人签了字。房东非常感谢赵寅，并决定马上签约，马上腾房。谁知道这事一波三折，好事多磨。由于承租人与产权人平时有一些矛盾，死活不肯腾房。承租人提出要补偿他的装修费，产权人认为当初没有收他的转让费，装修费应该由承租人自己承担。双方各有各的理，便一起来找赵寅。承租人是两位年轻人，有点盛气凌人，提出要看产权人的个人资料。赵寅认为这涉及个人隐私，予以拒绝。当时的情况有点僵，最后没能解决实际问题。过后赵寅去找了承租人的朋友从中进行调解，并让产权人稍微做了一些让步，最后写了一份解除租赁关系的协议，算是把这事给了结了。谁知，两位承租人过后把赵寅和拆迁公司举报到了苏州的一个网络平台，理由是不给他们看产权人的有关资料，有意袒护产权人。赵寅听到这个消息，感到非常委屈：你们租赁双方的矛盾，跟我有什么关系？我们的工作只和产权人发生关系，因为考虑到工作进程，才主动与承租户进行协商，但绝对不会代表某一方进行表态。赵寅笑着说："虽然当时有点委屈，但过后也就慢慢想通了，反观自己当初如果早一点介入，与承租户多多交流，工作一定会顺利很多。"

与赵寅聊天，感觉他的口才很好，而且有很强的亲和力。他在12位年轻人中年龄最大，大家都亲热地叫他的绰号"老虎"。赵寅说，因为5个签约小组配一个拆迁公司，所以他们5个小组的年轻人在工作中都是相互关心、相互帮助。谁提前完成了当天的任务，就会主动去帮助另一个小组。他们5个签约小组中有3位是女性，赵寅和朱俊两位大哥总是对3位师妹格外地关心和照顾。特别是遇到师妹一个人去住户家做工作时，他们总是抽身出来陪着一起去。赵寅说，一个人的能力再大也有欠缺的地方，只有大家相互帮助才能把工作做得更好，而且工作起来也会感到非常开心。

赵寅曾在城厢镇联动中心从事网格员工作，是河东片区的副片长，工作地址在府东社区，具体分管峚山、桃园、东区、县府、中区、府东和南园社区，所以对上述社区的基本情况非常熟悉。这次组织上推优，城厢镇联动中心和府东社区同时推荐了他，一致认为他很会做群众工作，对老百姓有亲和力。我在采访中也确实印证了赵寅有这方面的天赋。在评估工作中，他可以与房东聊乒乓球聊得火热，为接下来的顺利签约打下基础。前面说的那个菜场的产权人住在南园，有一次遇到已经在南园社区工作的王超，还特意询问"老虎"的去向和有关情况。还有两个承租户对赵寅说，等他们新店开业时，一定邀请他去捧场。赵寅虽然已经到了东林村上班，不少居民还是愿意打电话给他，询问各种问题。赵寅总是认真接听，及时给他们回复。

　　采访快结束时，我让赵寅给自己的同伴做一个评价。他想了一下说："朱俊性格温和，办事认真，一丝不苟，是我学习的榜样；薛晓婷逻辑思维很强，办事效率高，她能把房屋性质最为复杂的原轻工公司大楼一举拿下，令我非常钦佩；王超性格开朗，快人快语，她负责的私宅是签约工作中最为艰难的部分。那段时间她几乎不分昼夜，奔走在去往私宅的路上。特别是气温最高的几天，她每次从私宅回来都是满头大汗，便用冰水去浇脸。正是她的韧性和毅力，最终打开了局面。到最后，当初那家最顽固的房东，竟然想让王超做他家的儿媳妇，真是很搞笑；还有刘玉，性格豪爽，工作起来风风火火。刚开始她的工作指标总是落在后面，心里压力其实是蛮大的，愁容经常挂在脸上。但她就是有一股不服输的劲儿，到最后我们古松弄地块10个签约小组里面，就她一个人获得过居民送的锦旗。疫情封控期间，我和她一起去点位做核酸检测工作。我每天凌晨4点半去接医生，刘玉去布置现场，拿着小喇叭提醒居民们'做核酸啦'。然后我们一起维护现场秩序，缺什么物资就分头去拿。等结束后，我送医生回去，刘玉清除现场垃圾，我们两个人配合得非常好……"最后，赵寅感慨地说："过去我们像战友一样，一起战斗，一起生活。我曾经问过他们一个问题，你们有没有做过同样内容的梦？大家都说做过，手里的任务如何完成？遇到困难如何解决？怎么办？怎么办？当时大家的心理压力都非常大，凌晨三四点钟就会从梦中醒过来，再也无法入眠。现在我们都分散在各个村和社区，但彼此之间还保持着联系，这份情感是永远不会忘怀的。"

在东区社区，我见到了性格温和的朱俊。采访过程中，他说话不紧不慢，有条有理，让人听了非常舒服。我心想，这样性格的年轻人，非常适合做社区工作。

在古松弄地块上，属东区社区管辖的有230户人家，其中居住户151家，商铺37户，非居住户42家。230户人家里面，超过80岁的有33人，其中离退休老干部20人。

朱俊在签约1组，承担了93户人家的评估、签约和帮助腾房的工作。朱俊说："古松弄4幢、6幢、8幢、10幢基本上都是退休干部家庭，他们比较配合我们工作。上门做宣传登记，他们会主动把家庭的具体情况报给我们。当然也有家庭故意躲着我们，让我们几次三番找不着人，就是想多拿到一点补偿。另外，比较花时间和精力的，就是充当调解员，帮助居民在家产分割上进行协调。"

在古松弄有一户人家，住着一对老夫妻，有一儿一女。买房时不知是什么原因，房产证上的户主写的是女儿的名字。这

・朱俊在倾听小区居民的诉求

次拆迁，老夫妻俩想选择货币补偿，然后多给儿子一些钱。但女儿不同意，非要拿房，但她又不帮父母找安身的过渡房。老夫妻俩没办法，便找到朱俊哭诉。朱俊安慰好老两口，然后去找产权人商量。但产权人还是不同意父母的意见，坚决要拿房，不想拿钱。这样一来，父母一分钱也拿不到，更别说给儿子钱。朱俊和小组成员一起商量后，把父母、女儿、儿子都叫到一起进行调解。最后终于把女儿的工作做通，答应拿货币，并口头答应给父母20万元。这套房面积是107平方米，补偿款可以拿到200万元左右，女儿拿出十分之一给父母，应该说理所当然。谁知过后女儿又反悔，父母又来找朱俊哭诉。朱俊只好又去做女儿的思想工作，折腾了几个来回才把事情搞定。

　　还有一户人家面积是 106 平方米，平时由一个老母亲居住，子女们轮流上门照顾。四个子女一男三女都是产权人，在拿房还是拿钱的问题上，大家意见不一致。后来统一意见说拿房，按政策只能拿一套，老太太坚决要拿两套。朱俊便做他们的思想工作，阐明具体政策。最后决定拿货币，老太太一锤定音，四个子女每人四分之一。但儿子认为女儿是出嫁的，不能这么分，闹得不可开交，不相往来。朱俊也感到没办法，便去请教律师。律师说，只要认定三人同意一人不同意的，按少数服从多数也能成立。

　　我说："这种情况看来还是比较多的，确实也影响到了你们的工作进度。除此之外，还有没有其他方面比较棘手的？"

　　朱俊点头道："当然有啦！有故意刁难的，有夫妻离异的，都会影响到我们签约工作的顺利开展。"

　　有一位产权人就是因为一拖再拖，成为最后一户签约的人家。她也不提什么要求，就是借各种理由不来签约。开始说在上海照顾丈夫，其实她的儿子就在太仓，完全可以委托儿子过来签约。过一阵子又说要过户给孙子，又拖了一段时间。后来又说评估人员态度不好，又拖了一段时间。再后来又说钥匙给了儿子，又拖了一段时间。说到底，就是想多要一点钱。到最后看看不能再等了，便正式提出来院子里有一棵金桂树，双枝连理，要赔偿 10 万元，后来又说 5 万元也行。另外，她说当初拿房时少拿了 10 多个平方，也要补给她。对此，朱俊他们只能多次上门，把道理讲透、讲明白，进行耐心细致的说服工作，最后终于以补偿金桂树 2 万多元而收场。

还有一户夫妻离异的案例。房改房时还没有离婚，离异后女方去了加拿大。这次女方得到拆迁的消息后，便叫儿子拿了一整套文件过来找到朱俊，要求签约。朱俊觉得这件事有点麻烦，因为他只能和产权人发生关系，所以只能找男方进行沟通。因为涉及财产分割，所以朱俊先跟男方签约，之后再让离异双方通过法律途径解决分割问题。朱俊说，如果不这样做，这户人家不知要等到猴年马月才能签下来。

我说："我原以为你们签约小组的工作就是按部就班地评估、签约，然后帮助老百姓腾房。没想到每家都有麻烦事，都需要你们去协调解决，这也太难为你们这些年轻人了。"

朱俊笑着说："也没有你说得这么夸张，其实绝大多数人家都是积极配合我们的工作的，也有让我们感动的事情。"比如古松弄12幢，有12户人家，院子里有好多树，评估下来能拿到18000元。这笔钱怎么分配是个问题。因为有的是老住户，有的才住进来几年。有的树是自己种的，有的树是人家种的，有的树不知道是谁种的，所以树的归属根本无法确认。但这个院子的人家相当团结友好，有人提出来平均分配，每户1500元。这个建议很快得到所有人家的一致同意，这事很快就办成了。朱俊说，如果其中有一户人家不同意，那这事就弄不成，所以他非常感谢这12户人家。

在我采访朱俊的过程中，小区居民张晓东正好走了进来。他听说我正在写城市更新的报告文学，便主动跟我聊了起来。原来，张晓东常年在南京工作，父母在古松弄已经生活了40多年，今年父亲90岁、母亲86岁。他说，他家住在3楼，由于

年代已久，房屋破旧不堪，朝南的两间房屋都有漏水，而且与
阳台之间有裂缝。因为住在顶楼，所以对屋顶渗水先后大修过
3次，但解决不了根本问题。加上没有天然气，有时做饭做到
一半没气了，只好去换罐装液化气，费时费力。张晓东为了照
顾年迈的父母，5年前回到了太仓，与父母生活在一起。他说，
生活上确实非常不方便，特别是古松弄有那么多的老人，每天
上下楼都是一件非常吃力的事情。现在市政府终于开始对古松
弄进行更新改造，深受老百姓的欢迎，既扩大了城市容量，又
提高了居民的生活质量，他举双手赞成，并给太仓市领导点一
个大大的赞。

第九章
剥茧抽丝解难题

在古松弄地块上，房屋性质的复杂性给签约小组的年轻人带来了很大的挑战。

在两次接受采访的过程中，陈晨都提到原轻工公司这幢楼房。2002 年 12 月，某房产公司买下这幢楼之后，分割改装成公寓房，每套面积 42 平方米，然后出售给住户。当时人们对房产的概念不是很清晰，虽然房产证上写的是非居住房，但购房人觉得无所谓。因为买了房子就可以把户口迁进来，用的又是民用电、民用水，而且是学区房。正是因为这些有利条件，房产公司的售价也高出了其他的住房价格。这次城市更新，问题就来了。根据资料显示，楼下 18 家是门面房，所以确定为商铺没问题。但二楼以上为办公用房，所以二楼以上的 42 家住户只能按非居住房进行评估。这样一来，其收购价就比普通住宅的收购价低了很多。

薛晓婷是在签约 3 组，这幢楼正好归她小组负责。刚开始，薛晓婷也不知道这潭水的深浅。第一次带着评估人员上门，便遭遇对方抱团抵触，当场给了她一个下马威。退下阵来之后，薛晓婷便开始查阅有关这幢楼的所有原始资料。得出的结论是，这幢楼属于非居住的性质。但结合实际情况，42户人家的诉求也有一定的道理。当初买房时，他们是按正常的购房手续办理户口迁移，而且和住宅户人家一样，享受民用电和民用水，当时房价还高于普通住宅房。现在却要按办公用房进行评估，换了谁都会觉得不合理、不公平，所以他们要求按住宅房进行评估。

薛晓婷感到左右为难，深深陷入了工作无法开展之绝境。幸亏有陈晨的鼎力相助，并带着她一起去做42户人家的说服工作。他俩把原始资料翻开来让他们看，把城市更新的有关政策耐心解读给他们听。陈晨告诉我，为了这幢楼，指挥部专门会议开了不下10次。后来又邀请每户一个代表到指挥部来，做他们的思想工作，尽力把他们认为权益被侵犯的观念扭转过来。42户人家里面有律师、退休教师和退休检察官，都是明事理的人，一旦明白了其中的道理之后，观念很快就转变了过来，思想上也开始松动起来。陈晨趁热打铁，在政策上向他们略做倾斜，以弥补他们在经济上所遭受的一些实际损失。

封闭的大门打开之后，薛晓婷便马不停蹄地上门签约，并帮助有困难的人家寻找过渡房。有一家户主居住在苏州，因为疫情原因无法过来。薛晓婷通过云上签约，把资料传过去，并按照对方要求，按货币进行结算。但没想到承租户又把房子转租给了人家，成了二房东。这节外生枝的小插曲，又让薛晓婷折腾了好长时间。

　　就在薛晓婷忙得脚不着地、晕头转向的时候，她的老毛病胆结石却找上门来，隔几天就发作一次，不分昼夜地折磨她的五脏六腑，让薛晓婷疼得又是呕吐又是冒冷汗。赵寅曾告诉我，只要第二天上班看到薛晓婷脸色发黄，就知道她的胆结石又复发了。在6月份的一天下午，胆结石又找上门来。薛晓婷一开始还能忍着疼痛继续工作，后来实在是忍不住了，便去中医院看急诊。医生看到检查结果后告诉她，胆结石卡住胆囊颈部，必须马上住院动手术。但薛晓婷放不下手头的工作，考虑到还有4家非居住户没有签约，不能因为自己的身体原因拖了大家的后腿，便拒绝了医生的建议，要求医生给她挂水。在挂水期间，薛晓婷只能喝白粥。3天之后，薛晓婷便又投入紧张的工作之中。直到手头的签约任务全部完成，她才在7月14日住进医院动手术。

　　我第二次采访陈晨的时候，位于古松弄地块的城市更新城厢镇指挥部已经被拆除，陈晨的工作场所搬到了镇政府的四楼办公室。经过上次详聊，我俩俨然已成了多年的老朋友。我很随意地在他桌子对面坐下来，他也很随意地递给我一瓶矿泉水。我俩的聊天已经不是一问一答的访谈形式，完全是朋友之间的促膝谈心。他告诉我："古松弄的房屋性质之所以复杂，是由一定的历史原因造成的，我们必须正视这个现实，并想办法妥善解决。但是面对一些人为造成的复杂情况，我们感到非常头疼。"

　　他给我讲了一个让我一时半刻听不明白的故事，在讲之前他笑着提醒我说，你可要认真听哦！原来，他讲的是古松弄最后一家签约的商品房。产权人是一个做生意的安徽人，在古松弄地块拥有一套商品房和一间门面房，多年来一直出租给人家。

产权人原先在太仓做生意，后来便回了安徽。这次城市更新，工作人员一直联系不上他，打他电话总是不接。后来终于联系上了，对方却提出了无理要求，非要把门面房作为住宅进行补偿。电话里说不明白，陈晨亲自带人去安徽与产权人进行沟通，但双方谈得不欢而散，陈晨无功而返。但从中他了解到产权人在外欠债高达 2000 多万元，涉及太仓、常熟、安徽六安和河南焦作等地。其中一笔债务是在几年前，他帮常熟的朋友在常熟农商行抵押贷款了 100 万元，后来这家银行在未征得他同意的情况下，又为他的朋友贷了 50 万元。结果他的朋友生意失败，一走了之，杳无音讯。银行便找到该产权人，要他偿还 150 万元。但他认为其中的 100 万元可以认，那 50 万元他不知道，所以不予承认。他知道常熟农商行肯定会通过法院来查封他的房子，便叫安徽的朋友借个理由起诉他，请安徽的法院先来对他的房子进行查封。这样一来，常熟法院再来查封的话，就失去了首封权，不能强制执行。正是由于这样那样的原因，产权人迟迟不肯前来太仓签约。他担心万一把房子和门面房给签了，评估出来的钱被直接还给常熟法院，那可完了。因为在这里面，还有他无法承认的 50 万元钱哪！

　　陈晨他们了解到这一情况之后，认为要解决根本问题，还是要把产权人叫到太仓来，面对面地沟通，并把产权人的部分债务问题给予妥善解决。但是产权人远在安徽，又死活不肯过来，怎么办呢？陈晨他们决定动用社会关系，既然产权人是安徽人，那么太仓的安徽商会里面是否有人与产权人熟悉呢？经了解，安徽商会的会长跟产权人非常熟悉，还是产权人的大恩人哩！

会长拍着胸脯打包票，让陈晨终于松下一口气来。会长一个电话打过去，对方一听是大恩人的电话，一口答应下来，并约定星期六到太仓。谁知到了星期五，产权人来电话说星期六有事来不了，要推迟几天。陈晨急得好几个晚上没睡好觉，生怕这事又给黄了。好在到了下星期二，对方来电话说到了太仓。陈晨马上在会长的安排下，与产权人见了面。双方整整谈了一天时间，终于把这事给敲定下来，产权人同意签约。由于首封权在安徽法院，抵押权在常熟法院，所以他们先通过与常熟法院沟通，把抵押权转交给太仓法院，让太仓获得优先赔偿的权利。比如产权人在古松弄的房产价值是 300 万元，先还掉享有优先权的太仓法院，剩余的钱由具有处置权的安徽法院来进行分配。首封权原在安徽的一家基层法院，后来移交给了六安中级人民法院。通过交涉，安徽六安中级人民法院派人来到太仓，双方一起把这件复杂的诉讼案件圆满地解决了。

　　陈晨讲故事讲得有点累，我听故事也听得有点吃力。这里面的弯弯绕绕，乍听起来确实让人一头雾水，不知所云。但只要能让复杂的事情得到圆满解决，便是大功告成，皆大欢喜。

　　在胜利村指挥部的办公室，我约了杨洋、黄云扬、沈玉玉和张怡进行集体采访。杨洋作为老大哥，率先发言。他说："工作中要想按照自己的计划逐步推进其实很难，因为每一户人家、每一家商铺各有各的特殊情况，很多事情都出乎你的意料，让你没办法按部就班地开展工作。对我来说，最让我头疼的应该是府南街的那幢商铺楼。那幢楼是由华侨房产公司建造的，共

五层，三、四、五层是公家单位，比较容易解决。一、二层是
商铺，还有一个地下室。"杨洋摇了摇头，"难就难在这个地下
室。购房合同上写的是地下室，发放的证件上写的是车库，而
实际上又把它作为商铺来使用，所以有点乱。其中有一家理发
店把地下室作为洗头的地方，一楼理发，二楼作为员工的休息室。
我们查了建筑注册证和建筑许可证，上面都注明是车库。这应
该是一个很权威的依据，我们只能按每平方米5500元进行补偿。
但产权人不同意，他们认为购房合同上写的是地下室，就应该
按每平方米10000元进行补偿。如果是车库，汽车根本就开不
进去，而且他们确实也是按地下室来使用的。这个地下室很大，
涉及8户产权人，其中有两个产权人的面积加起来要1000多平
方米。对此，我们只能做他们的思想工作，我耐心地给他们算
了一笔账，结果算下来，平方换平方之后，他们都不需要贴钱。
然后再对他们提出的一些合理要求予以采纳，也就把这件麻烦
事给解决了。"

"产权人的工作是做通了，但承租户的问题又来了。"杨洋
说，"其中有一家承租户的情况确实有点特殊。这家是做儿童眼
科的，刚刚装修好，还没来得及开业就遇到了拆迁。当然，这
不在我们的工作范围之内，我们只和产权人发生关系。但承租
户和产权人意见不一致，无法解决问题，我们便和调解工作室
一起去做他们的工作。考虑到承租户投入比较大，看得见的部
分可以得到百分之百的赔偿。但有一些无形的东西，比如26万
元设计费就无法补偿。根据评估规定，只能评估有形又搬不走
的物品。哪怕你说我地板下面还有一层地板，也行，把上面的

• 杨洋（右）在给小区居民做解释工作

地板拆开来看，如果有，照样可以补偿。而这家承租户光装修费就花了200多万元，另外还安装了消防设施。当时评估下来只有20多万元，这差距实在是太大了，承租户很不服气。我们在调解过程中，先把一些遗漏的东西找出来。比如做了消防，一般商铺是不做消防的，我们就把这消防费用5万元补进去。另外，经过做产权人的思想工作，产权人同意把房租退还给承租户，同时把3万元的腾房奖也给承租户。我们又跟承租户聊了几次，得知对方是广东人，是一家在全国做得很大的集团，做眼科只是集团中的一个项目。他们主要是做房地产生意，所以对城市更新的工作也是比较理解的。又看到我们做出了很多努力，特别是我们竭尽全力在为他们寻找新的投资场所，心里还是蛮感动的，最后终于心平气和地做出了让步，同意我们的处理结果。"杨洋笑着说，"过程很艰难，结果很完美。"

我说："城市更新不仅涉及每家每户的切身利益，也涉及每家商铺的切身利益。相比较而言，处理商铺是不是比一般住房更复杂一些？因为既涉及产权人，又涉及承租人。"坐在杨洋旁边的黄云扬说："也不能一概而论，各有各的难处，调解家庭纠纷也不是一件简单的事。比如古松弄有一户人家，产权人是姐弟四人，父亲已去世，母亲近90岁，常年卧床，一直由大女儿照顾。根据遗嘱，父母去世后遗产由姐弟四人平分。遇到这次拆迁，姐弟几个想按遗嘱平均分配，但大女儿不乐意。平时你们一个都不来，都是我在服侍母亲，现在要分房了，你们一个个都站出来了。由此姐弟之间产生摩擦，闹得很不愉快。黄云扬便会同县府社区书记程佳佳和老娘舅调解工作室的郝姐一起上门，做大女儿的思想工作。程佳佳又四处奔波，为老母亲找到了过渡房。大女儿终于被我们的诚意所感动，最后同意按货币结算，姐弟四人平均分配。"

黄云扬说，空关房的签约也是一件比较麻烦的事情。有一户空关房，产权人常住上海，黄云扬与他的沟通只能通过微信进行。产权人要货币结算，其间匆匆回太仓办了签约手续，但没有腾房便回上海去了。后来产权人觉得自己签约晚，货币结算好像吃亏了，所以想换成房子。黄云扬尊重他的选择，并催他抓紧回来重新签约，抓紧腾房，因为这幢楼就剩下他家没有腾房，而且已经帮他联系好了搬家公司。黄云扬他们的贴心服务让产权人心里非常感激，便特地从上海赶回来重新签约，并很快把房子给腾空了。

还有一户也是空关房，产权人是兄妹两人。房子只有70多平方米，兄妹俩都选择置换成房子，但按政策只能拿一套，不好分配。妹妹定居上海，与黄云扬他们只能通过网上交流，其女儿是大学教授，喜欢钻牛角尖，在沟通上产生了一些误会，差点要状告黄云扬，说他政策不明朗，说他偏心，说他态度不好。最后通过黄云扬耐心做工作，兄妹俩终于同意货币结算，两人平均分配。妹妹觉得有点对不起黄云扬，说要给他写感谢信，被黄云扬婉言谢绝了。

沈玉玉负责签约 6 组。她说，有一户人家婆媳矛盾非常严重，平时互不来往。2018 年，他们在古松弄买下了一套 80 平方米左右的学区房。当时的想法是作为投资先出租，等孙女读实验小学时再收回入住。婆婆付了 90 万元的首付，贷款由儿子、儿媳承担，产权人写的是儿子的名字。后来因为儿子出了事故意外去世，婆婆怪罪于儿媳，并要求变更产权人。经法院判决，产权人变更为婆婆、儿媳和孙女，婆婆占 54%，儿媳占 23%，孙女儿占 23%。孙女有糖尿病，每个月需要 3000 多元的医药费。婆婆要给孙女钱，儿媳妇坚决不要，婆媳关系越发紧张。这次遇到拆迁，婆婆想拿货币，三人按各自的比例把钱分掉了事，以后互不相干。儿媳不同意，一定要拿房子，等到女儿初中毕业后再考虑卖房。沈玉玉说，这个调解工作就特别难做，因为婆婆和儿媳凑不到一块，儿媳在某镇工作，她不愿意到太仓来与婆婆见面，所以没有办法进行当面沟通。我们只好两面跑，把婆婆的想法传达给儿媳，又把儿媳的想法传达给婆婆。但两人坚持自己的想法，各不相让，收效不大。我们又通过儿媳所在镇的领导出面，做她的思想工作，但还是不愿到太仓与婆婆见面。后来由副镇长亲自带着儿媳到太仓，并请老娘舅调解工作室出面进行调解。调解的过程相当艰难，从一开始拍桌子相互责怪，到后来慢慢平静下来，接受我们调解。最后采纳儿媳的意见，先拿房，等孙女初中毕业再卖房，按各自占比进行分配。至于目前的签约奖、腾房奖和过渡费等，婆婆和儿媳各拿一半。

杨洋说："只要我们把工作做细做实，在接触产权人之前先把情况摸清楚，特别是把暖心的事做在前头，往往能得到产权人的理解和支持，我们也能收到事半功倍的效果。有一户人家，户主常住张家港，这次拆迁，他赶在疫情之前匆匆忙忙来过一次太仓。我详细向他解读了拆迁方面的政策和各种奖励，他听了非常满意，并对我表示了很大的信任。他回张家港后就再也没有来太仓，所有的手续都委托我代他办理。因为他的房子在县府街上，租给了一位小姑娘开店。房东与小姑娘的有关手续，都由我作为搭桥人，把资料在网上传来传去。房东签完字返还给我，我再去和小姑娘沟通。因为小姑娘开店才半年时间，出来创业也不容易，所以我建议房东少收一些租金，把腾房奖和装修的评估费都给小姑娘，房东也爽快地答应了。到最后，房东和小姑娘都向我表示感谢，我听了很开心，这是我做的最得意的一件事。"

黄云扬说："我也做过一件很得意的事哦！"在县府街有一幢楼，住16户人家，在房改房时每家有一个自行车库，房产证上的面积是5.5平方米。后来建造古松弄11号楼时，把这一排自行车库推倒重建，每间扩大到了7.5平方米。在这次评估签约时，谁也没有发现这个问题。后来他们发现了这个问题，用了整整三个星期的时间核实这个自行车库。本着实事求是、不让老百姓吃亏的办事原则，调取有关档案资料，再实地进行调查取证，然后重新进行评估，最后每一户人家都补加了自行车库的补贴。这个过程虽然很复杂很烦琐，但听到老百姓的感谢声，大家都很开心也很得意。

沈玉玉也跟我们分享了她的故事。她说："有一户人家只有一位近80岁的老人，她的女儿李英跟随丈夫去了法国，丈夫是中国驻法国的大使。李英年轻时外出读书，结婚后跟着丈夫去了许多国家。这次城市更新，我和李英接上了关系。李英听了我的详细介绍后，决定回太仓解决签约腾房的事情。去年父亲去世没能回来，她感到很愧疚，所以这次回来一定要把母亲的生活安顿好。"沈玉玉和李英加了微信，李英问得很详细，沈玉玉也回答得很详细，包括院子里父亲生前种下的一棵树如何赔偿，沈玉玉都一一作了解答，让李英十分满意。因为疫情尚未结束，李英从法国回来，只能先飞到北京隔离三个星期，结束后想回苏州，还是不行，只好等待机会。其间她多次与沈玉玉联系，询问何时才能接受她回太仓。其实李英心里急，沈玉玉的心里也急。为了不耽误李英回太仓的时间，她早已经把前期工作做到位，所有的文本资料也都做细做实了，只等着李英回来签字。后来通过协调，沈玉玉让李英先到苏州，然后社区派了车去苏州把她接到太仓。先隔离再接待，沈玉玉自始至终安排好李英在太仓期间的所有事务。从2022年2月份开始联系算起，到6月份正式签约，前后整整4个月，沈玉玉为此付出了很多。但沈玉玉感到很开心，很有成就感。

杨洋说："我们的诚意不会白白浪费，居民们都是看在眼里、记在心里，并会反过来给予我们一些帮助。比如有一户人家，房东把上一家承租户的装修费接下来之后，租给了下一家。

我们上门做工作时，承租人不愿意承担这个装修费，而且提出来 3 万元的腾房奖他也要一半。产权人当然不会同意。我们约双方到指挥部协调了不下七八次，还请了老娘舅调解工作室一起调解。虽然问题一时没有解决，但我们的诚意也确实感动到了他们。我提出来，实在不行就通过法律途径解决，但城市更新是有时间规定的，你们要顾全大局。房东和承租户都听明白了我的意思，房东很爽快地答应签约，承租户也爽快地答应腾房，

· 小区居民签约后拍照留念

然后他们再去法院打官司。"

我听了笑起来——还真有这样的事，既坚持己见，又顾全大局，产权人和承租人都称得上是深明大义的人哪！

张怡说："房子再旧，政府兜底价也要 18000 元左右，有的居民想不通，我的房子才 20 年，人家的房子已经 40 年了，为什么都是一样的价？开始总有人想着要多拿一点，所以不愿意提前签约，怕自己吃亏，让别人占了便宜。后来看看政策都明摆着，一碗水端平，一把尺子到底，算算自己也不吃亏，加上我们反复解释，把工作做到位，他们也就慢慢想通了，签约工作也就能顺利开展了。"

黄云扬说："通过这次城市更新，自己学到了很多，特别是法律方面的知识。还有我们的协调能力和处事能力，都得到了很大的提高。如果再做下去的话，我们这几个人都可以成为'老娘舅'了。"

第十章
送面锦旗表心意

20世纪80年代，正值我们这一代人的青春年华。那时人们的文化娱乐生活比较匮乏，平时除了听听收音机，便是去电影院看电影。我当时在检察院工作，只要没有出差办案任务，工作之余我都会和爱人去影剧院看电影。去的次数多了，便和影剧院的经理金志豪成了忘年之交。他长我一辈，我叫他老金。老金每个周末都会给我留两张座位最好的电影票，而且不要我的钱。一开始我非要给他钱，他总是安慰我说没问题，是他出钱买了送给我的，属于朋友之交淡如水，两张影票表真情。当时我心想，就算他没出钱买票，区区两张电影票也够不上什么经济问题，于是我就欣然接受了他的真情。

在县府社区采访时，程佳佳给我讲了一个老人给刘玉送锦旗的故事，老人的名字叫金志豪。当我听到金志豪的名字时，心里怦然一动。我和老金已经多年未见，想不到已经91岁高寿的老金，居然还会在这次城市更新过程中成为热点人物。

　　我知道老金在20世纪80年代就住在了府南新村3幢203室，那幢楼是他们影剧院建造的，房改房时老金便把房子买了下来。因为地理位置好，出行方便，离医院、菜场、中心广场都很近，所以老金是准备在此生活一辈子的。

　　在一个雨天的下午，我驾车来到中心菜场西侧的长埭弄。经过一番打听，终于找到地处百隆广场里面的两幢楼房。上了6楼，老金已经在门口等候了。老金见了我，就像久别重逢的老友，紧紧握着我的手不肯松开。我想脱鞋进门，老金哪里肯依，拉着我就进了客厅。客厅的桌子上，已经为我准备了一个刚切开的西瓜，他叫我别说话，先坐下来吃西瓜。他说这是刚买的西瓜，又新鲜又甜。我也不客气，坐下来一边吃瓜一边说："当年我在检察院时，经常到影剧院来看电影，你还记得吗？"老金笑着说："当然记得啦！那时候你刚结婚，工资又低，我每个星期都会给你留好两张电影票。"我说："几十年过去了，你现在可以告诉我，当初送我的电影票到底是不是你出钱买的？"

　　老金开心地笑了，笑得很爽朗很年轻。"我是影剧院的经理，你说我会出钱买票吗？"

　　我说："掩埋了几十年的谜底终于被揭开了。"

　　老金感慨道："一晃这么多年过去了，你也到了退休年龄，我也快去见马克思了……"

　　吃完西瓜，我们言归正传。老金摘下眼镜擦了擦镜片，然后把自己在这次城市更新过程中的思想演变过程，详细地跟我说了个底朝天。

　　当老金第一次听到城市更新的确切消息之后，就被吓得不轻，几天几夜没睡好觉。想想自己年龄这么大了，还要搬家。自己孤身一人，又能搬到哪里去呢？当时他对城市更新的政策不是很了解，所以感到十分迷茫。既然有迷茫有困惑，就必然会在行动上有所反应。但老金的反应有点独特，也有点过激，所以很快成为古松弄地块上一位引人瞩目的"风云人物"。他一开始先去县府社区发牢骚，每天都去，像上班一样，缠得程佳佳无法脱身。看到没啥效果，便改变"作战"方案，去指挥部举拳头提抗议。这可能跟他的职业生涯有关系，几十年来电影看多了，学着电影里青年学生上街游行示威喊口号的模样。这还不算，他还找来一张白纸，在上面苍劲有力地写上四个大字：坚决不搬！然后如英雄就义一般，踏着铿锵有力的脚步，向着城厢镇指挥部走去（看来还是电影看多了）。指挥部的工作人员都认识了这个老人，心里也明白这是一个很难缠的老人。其实这个判断是有偏差的，老金的虚张声势坚持不了多久。老金并非无理取闹的人，他只是因为自己的晚年生活受到了干扰，才做出了一些莫名其妙的举动。老金后来也说，自己当初不知怎么搞的，会做这种出洋相的事情。当时指挥部的工作人员为他做了很多思想工作，老金虽然不再做出那些怪异的举动，但提出了一些自以为很合理的诉求。他向工作人员提出，不想两次搬家，要求直接把他安排到东区社区那边的新楼房里。老金所说的新楼房，就是指老县中地块上新建的住宅房。六七年前，老县中地块在建新楼房时，发现地下有古代瓷器，被迫停了下来。一直等到考古工作结束之后，才把新楼房建好。老金认为自己都90岁出头的人了，让他在外面过渡，等到3年后再搬回来，他还搬得回来吗？他对指挥部的人说，如果你们不答应我的要求，我就不搬。你们的推土机来了，就直接把我一起推进去算了。这显然是一句气话，话里带有一点虚张声势和恐吓对方的成分。

老金讲到这里，看了我一眼，有点不好意思地说："其实回到家里想想，在指挥部这么闹又有什么用。但不闹我又怎么办？我一个老头子何去何从？住子女家吧，住不下，也不习惯。住到亲戚家吧，路太远，不方便，再说住几年也不现实。出去借房子住吧，附近根本找不到理想的房子。后来我在程佳佳的陪同下，去过滨河花园、古塘街、太仓人家等，一共看了不下20次，都没有选到中意的房子。去年我还因为腰椎间盘突出，去上海动了手术，所以到处看房搞得我精疲力尽。到了晚上，一个人躺在床上感到压力很大，根本睡不着觉。一想到要拆迁，心里就怦怦跳。就在我进退两难之际，我的救星出现了。"

老金所说的救星，便是指签约5组的刘玉。刘玉原先在原城三小地块指挥部，动员大会之后被调到了古松弄地块指挥部，老金所住的那幢楼就归他们负责。

老金说："刘玉第一次上门就给我留下了很好的印象。她对我说，你不同意归不同意，我们先对你家做个评估，看看你家到底值多少钱。这话我听得很舒服，便同意让她带着评估人员上门。评估完之后，刘玉和我促膝谈心，宣讲政策和风细雨，句句入心。她说，你这套房子82.17平方米，如果按平常出售最多卖140万元，但这次城市更新我帮你算了下，你可以拿到192万元。你楼上有户人家110平方米，在城市更新之前的4个月卖掉了，卖了139万元。人家的面积比你家多了28平方米，反而比你少卖了 53 万元。另外，你还可以获得好多福利，比如签约奖 3 万元、腾房奖 3 万元、高龄补贴 8000 元，如果你重新买房还可以拿到 2 万多元退税，这七算八算也有近 10 万元哪！"

刘玉说的重新买房，一下子触动了老金。老金告诉我，原先钻在了牛角尖里面，一直想着搬到哪里去过渡，从没想过要去买房。刘玉的一句话，一下子把他从死胡同里拉了出来。刘玉说："你一定要住老县中的新楼房，一是没有适合你的楼层，因为先要满足那些拆迁户的需求；二是新楼房是毛坯房，你难道还要自己去装修吗？所以，我建议还是买一套精装修的房子，你只要拎包入住就可以了。你这么大的年纪了，没必要去住古松弄那里的学区房，再说回迁还要等 3 年，前后要搬两次家，回迁后还要进行装修，你还不如现在直接买套房把自己安顿好，也省去了中间所有的麻烦。"

老金说："刘玉这姑娘掏心掏肺的一席话，让我一下子茅塞顿开。我听了非常感动，她设身处地为我着想，完全把我当作了自家人，当作了她的爷爷。所以我决定听她的话，拿钱买房。"

在老金买这套精装房的过程中，刘玉又帮他解决了很多问题。因为在老房子的评估款没拿到之前，老金就签下了新房子的购房合同，并提前入住。但合同上明确写着，如果买方逾期不付清房款，将在首付款 32 万中扣罚 20% 作为违约金，并且要求购房人马上搬出新房子。所以老金对 192 万的评估款什么时候到账，心里有点焦急。他找到刘玉说，如果评估款不能如期到账，我是要跳楼的。刘玉赶紧安慰了老金一番，然后马上去拆迁办公室催办老金的评估款，并很快把这事办了下来。老金买了新房之后，便去税务局要求退税。税务局的工作人员说，你买房子交税很正常，从未听说过买了房子还有退税的事。老金听了又去找刘玉，刘玉说城市更新过程中有这么一个政策，重新买房可以退税。你别急，让我先去问个明白再说。刘玉便把这事反映给了领导，领导马上指派她到苏州去索取关于退税的有关政策。刘玉回来后，第一时间通知了老金。老金便再次去税务局，顺利拿到了23000多元的退税款。

老金说得洋洋得意，并站起身来拉我去参观他的每一间屋子。他说，这套房子阳光充足，周边环境整洁安静，生活又方便，出门就是美食街，离中心菜场又近。吃过晚饭，还可以去盐铁塘边上的口袋公园走走看看，住得十分舒心。

我在装修一新的房子里兜了一圈，然后问道："你老房子是80多平方米，这新房子是107平方米，这一进一出，你一定贴了不少钱吧！"

谁知老金听了哈哈大笑起来："什么贴钱？我还赚钱了呢！"

老金又把我拉到桌子边坐下来，扳着手指说："老房子我拿到了192万，这个奖那个奖就不说它了。这套新房我只出了160万买下来，这一进一出我反而赚了32万，而且房子变新了、变大了。老房子里没有热水器，没有天然气，没有电梯，而这里要什么有什么。我现在是幸福感满满的，政府为我们做了一件功德无量的大好事，对我们老年人又是大大的照顾，推出了那么多惠民待遇。"

我故意打趣道："那你对当初的那些'反抗行为'是不是感到有点无地自容啊？"

老金说："什么'有点'，是非常无地自容。现在我是从心底里感谢党、感谢政府，当然也要感谢刘玉姑娘。是她点拨了我，驱散了我心中的迷雾，让我找到了一条光明之路、幸福之路。"

老金对刘玉的赞誉虽然有点过头，但我知道，这话完全是老金的肺腑之言。否则他不会去买了锦旗，请人写上"宣讲政策感人，工作优秀高效"几个大字，然后亲自送到刘玉工作的地方。

采访完老金，我便有了抓紧采访刘玉的迫切心情。第二天上午，我来到刘玉所在单位梅园社区居委会。

便民服务台里面，有一位眉清目秀的大眼睛姑娘看我东张西望，便站起来问："你是不是奚老师？"

· 金志豪老人（左）给刘玉（中）送锦旗

我点头道："你就是刘玉吧!"

刘玉点点头,说:"我们到楼上小会议室吧!"

上了楼,我们走进小会议室。刘玉一边帮我倒水,一边说:"'老虎'昨晚打电话跟我说,有一位作家要来采访我。我说千万别来,没啥采访的。但'老虎'说,我们签约小组的几个人都已经接受过采访了,不能少了我,我听后才答应了下来。"

我笑着说:"不管答应不答应,我反正是要来采访你的。昨天我去了金志豪家,回到家就跟'老虎'联系,叫他联系你。因为我没有你的联系方式,只好拐个弯。"

刘玉听了赶紧掏出手机说:"现在就加微信,以后就不用拐弯了。"

刘玉是安徽人,原先在安徽铜陵一个镇上的重点小学当老师。与丈夫结婚后,来到太仓定居。丈夫是河南人,在太仓外资企业舍弗勒公司上班。刘玉来太仓后,先在民工子弟学校卉贤小学教书,后在一个课外培训班做老师。2018年,她考入城厢镇环保科,属于体制内的编外人员。2019年参加推优考试差了两名,2020年参加推优考试又差了一步之遥。2021年第三次参加推优考试,终于考上,成为梅园社区的一名工作人员。刘玉笑着说,第三次再考不上,真的是对不起推荐部门了,也辜负了领导对她的期望。

刘玉还没来得及到梅园社区报到,便接到去城市更新城厢镇指挥部上班的通知。刘玉说,刚去时两眼一抹黑,什么城市更新?一点概念都没有,完全是一个陌生的领域。刘玉一开始被分配到原城三小地块指挥部,进行入户调查摸底工作。动员大会之后，被调到了古松弄地块，负责签约 5 组的工作。由于刘玉对古松弄居民的情况一无所知，她要比其他签约小组多付出许多时间和精力。签约 5 组负责 82 户人家，她必须对每一户人家从头熟悉起来。虽然她拿到了 82 户人家的一大摞登记资料，但她从未与这些居民见过面。所以既要认真翻阅这些登记资料，熟悉每家的基本情况，又要上门去认个脸，并与居民进行面对面的交流。等这些工作做完之后，其他小组都已经把评估工作完成了一大半。刘玉心里急，但工作还得做细做实。在评估工作中，刘玉一是看信息登记表与产权证号是否一致，二是看登记面积与房产证面积是否一致，还要看住房面积当中是否包含了车库面积，如果有就要从总面积里扣除。在评估一户人家时，刘玉发现房产证面积与登记资料不一致，她追根寻源找原因，原来是老证换新证时有关部门工作疏忽，产权证上少写了两个平方。刘玉又去不动产中心办理更正手续，为产权人增加了两个平方。为此，房东非常感动，逢人便夸刘玉。

为了加快评估工作的进度，不拖大家的后腿，刘玉带着评估人员马不停蹄，不管是白天还是晚上，刘玉不是在居民家里，就是在去往居民家的路上。最多的一天她整整走了 14 户人家，反复地爬楼，奔上奔下，一天下来累得腰都直不起来。甚至连午饭吃了没有都想不起来了。刘玉说，评估工作需要就合老百姓的时间，什么时候家里有人就什么时候去，而且很多人家还是空关房，很难约到房东。有一户房东常住昆山，因为疫情过不来。刘玉约了他无数次，后来总算可以过来了，对方问晚上过来行不行，刘玉说当然可以。那天晚上天气很不好，阴沉沉的。

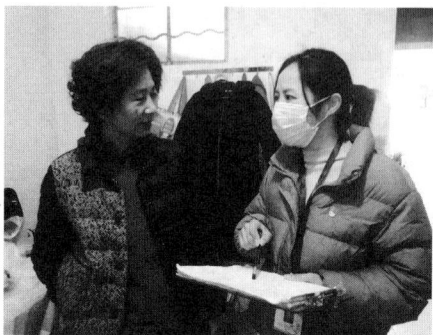

· 刘玉（右）在走访小区居民

刘玉一个人走在小巷子里，路灯很暗，路边还有突然窜出来的野猫野狗，评估人家的旁边还有一间无人问津的"鬼屋"，把刘玉吓得差点哭出声来。辛勤的付出总会有应得的回报，82户人家的评估任务，刘玉在10天内全部完成，创造了一个奇迹。

接下来的签约工作也不是很顺利。虽然古松弄拆迁的消息传了好多年，很多居民都有一定的思想准备，私底下也盘算着通过拆迁，自己能拿到多少补偿。但是过去的老观念是拆一还一，不管老房子多大，你必须还我一套房子。而这次城市更新是1比1.15，比如拆迁100平方米的房子可以拿到115平方米，外加5平方米的优惠价。因此，有些人家的老房子面积小，这次如果想拿大一点的房子，是要贴一些钱的。尽管在政策上已经非常优惠，为老百姓考虑得很周到，还有很多奖励，但真的要签约了，很多人家一听说是双向结算，评估老房子，结出老房子的价格，另外新房按新房价结算，不少老百姓心里就不乐意了。普遍的说法就是拆我一套房，还我一套房，不管大小，我就是不贴钱。还有一些老人本来就不愿意搬迁，有重重顾虑：一是熟悉这里的环境，与老邻居相处得很好，菜市场又近，购物也方便；二是年纪大了，搬出去以后不知还能不能搬回来；三是到哪里去找房子？家里有那么多东西怎么搬？

　　针对这些情况，刘玉对老年人主要做好解释和安抚工作；对那些抱有拆一还一观点的居民，她通过举例子来说服他们。比如有一户人家，一年前在古松弄买了一套房子，这次通过评估，结算下来拿到手的钱扣除买房款，净多出60多万元。有的居民听了似信非信，刘玉就拿着这户人家的评估报告给他们看。有的居民还有疑惑，便去问那户人家，得到证实后才心服口服。当然也有一些人家在观望，看看府南新村的房子比较新，他们能捞到什么好处，那么我也跟着捞好处。还有极少数人家蛮不讲理，故意刁难。有一户人家非要把车库说成是厨房，要按住房面积计算。刘玉便拿出房产证给他看，上面清清楚楚写着车库20平方米，而且一幢楼里的所有车库都是按车库的评估价计算的，为什么给你按住房计算。但产权人就是不依不饶，对刘玉说我上午去股市，下午到你这里上班，一直等到你把车库变成住房为止。结果他真的天天下午到刘玉办公室，不管刘玉在不在。如果哪天下午不能来，他还提前向刘玉请假，说小刘，我明天下午有事，就不来了。刘玉说到这里，哭笑不得地说："真是拿这种人没办法。有时想想我苦口婆心，他们还百般刁难。我们'白加黑''五加二'地拼命为他们办好事，他们还不理解，心里感到非常委屈。不瞒你说，我在单位哭过几回，在家里哭的次数就更多了。特别是看到我们签约小组落在了其他组的后面，心里就急，偏偏又遇到这种不讲理的人，心里一委屈，眼泪就流了下来。"

　　有一天，刘玉约好晚上去一户人家家里签约。她在办公室一直等到晚上七点半，对方来电话说没空过来了。刘玉只好回南郊的家里吃晚饭。谁知刚踏进家门，对方又打来电话，说他已经吃过晚饭，可以过来签约，问刘玉在不在。刘玉为了完成签约任务，赶紧回答说，在的，我在的。挂了电话，刘玉立刻开车往回赶。刚到古松弄，又接到了对方的电话，说儿子家里突然有点事，不能过来了。刘玉一听愣住了，但她还是很和气地说，没事没事，等你有空了我们再见面。刘玉挂了电话，再也控制不住内心的委屈，坐在车里放声大哭起来。后来刘玉饿着肚子回到家，已经是夜里 10 点多，两个孩子都已经睡了。刘玉说，那天她回到家一点食欲都没有，总觉得还没哭过瘾，便躲进卫生间又偷偷哭了一会儿，感觉舒服多了。

我听了鼻子有点发酸，眼睛有点发热。我问："你工作这么忙，两个孩子怎么办？"

看来我问的真不是时候，刘玉还没开口，眼眶一下子红了起来，眼里很快裹满了泪水。

原来，刘玉的小儿子才几个月大，她正处于哺乳期。按规定，她每天有一个小时的哺乳时间。刚开始她还能在工作期间抽空回趟南郊给小儿子喂奶。但随着工作越来越忙，她根本没有时间回南郊，甚至常常忘了家里还有一个嗷嗷待哺的婴儿。后来她干脆一咬牙，给孩子断了奶。大儿子去年上了一年级，刘玉让他放学后上延时班。每天延时班放学时，由婆婆抱着小儿子去学校接大儿子。刘玉说："那段时间婆婆确实非常辛苦，我每次回家看到婆婆劳累的样子，心里就感到非常愧疚。你别看我很外向很豪爽，其实内心非常脆弱，在指挥部的办公室我偷偷哭过几回，在家里也经常要哭。工作累是一方面，平时去居民家里签约都会搞得很晚，回到家孩子都已经睡了，而早上孩子还没醒我又要出门了。因为我们每天都要开早会，落实一天的工作安排。我又住在南郊，进城路上经常堵车，必须提前出发。特别是疫情期间，我要去点位做志愿服务，早晨 5 点就要到达原城三小做各项准备工作，3 个社区都集中在那里做核酸。所以那段时间，丈夫住在公司不能回家，我每天凌晨 4 点起床，4点半出发，到了点位一直要忙到中午 12 点过后。接下来封控期半个月，我和'老虎'到桃园路做志愿服务，每天又是起早贪黑，根本顾不上家里。所以作为妈妈，我觉得很对不起自己的小儿子。他才半岁，正需要母乳的时候，我却硬生生地剥夺了他的权利。有时我半夜回家，看着熟睡中的儿子红扑扑的小脸，心里就像针扎般地疼痛。我总是冲着儿子自言自语，请求他的原谅。"

我听了很想安慰刘玉几句，便想到了老金。我说："你的付出总有回报，金志豪的锦旗就代表了老百姓对你的最高褒奖。"

刘玉听后不好意思地笑了。她说："这个金老伯也真是的，我就做了我该做的事情，根本没有必要给我送什么锦旗。搞得我好像比任何人都好，多尴尬的事呀！"

我说："你也别谦虚，你为金老伯做了那么多的事情，彻底解除了他的后顾之忧，给你送面锦旗也算了却他的一份感恩之情，否则他会睡不着觉的。"

刘玉说："金老伯 90 多岁的年纪了，遇到这样的大事确实很难承受。再说他住的那幢房子，是他看着一块砖一块砖盖起来的，他是有感情的。所以一开始他的态度很坚定，坚决不搬，还说如果一定要搬，就把他老命也拿走吧！我看他身体不是很好，加上有了心事晚上睡不着觉，便只能和风细雨地做他的思想工作，慢慢化解他的抵触情绪。后来我看他情绪平稳了一些，便提出先评估再商量，他也就接受了。后来他想置换房子，并在外面到处找过渡房。我说可以换个思路，能不能选择拿钱去买房，并耐心地给他算了一笔账，他听后马上接受了我的建议。没想到他会给我送锦旗，还感谢我改变了他的思想，找到了一条光明之路。这话说得也太夸张了，我们作为工作人员理应尽心尽力，把老人家的事安顿好。再说他的事也是我们签约5组的事，换了其他签约小组，也会这样做的。"

在采访中我还了解到，刘玉帮助别人的事还真是做得不少。

有一位"拖延症"女子，2021年5月在古松弄买了一套学区房，但户口迁入手续却一拖再拖，始终没有去办。等到这次拆迁，她才想起来，但是已经被冻结迁不进了。这时候女子有点急了，找到刘玉，质问她为什么不提前通知她去办户口迁入手续，为什么不打招呼就要拆迁。刘玉向她解释道，她买房都快一年了，他们并不知道她连入户手续都没有办。但说归说，刘玉还是马上帮她想办法，先去找了城中派出所，把女子的实际情况说清楚，希望能得到特殊处理。同时，刘玉又跟实验小学的校长沟通，万一户口迁不进来，希望学校能网开一面，接受女子的孩子入学。经过她的努力，派出所特事特办，很快为女子办理了户口入迁手续，孩子的入学问题也得以顺利解决。女子很是感激，再三向刘玉表示感谢。在开学前的那段时间，有10来户人家的孩子上学遇到困难，家长在网上报名时因为户口已经被注销，所以无法报名。刘玉了解到这一情况后，便分别与实验小学、实验幼儿园和实验中学进行沟通，帮助孩子们顺利入学。刘玉说，能帮到别人就尽力去帮，有些事通过努力能帮助成功，有的事虽然费了好大劲也没能成功，但只要尽力了就不会留遗憾。

采访最后，我让她说几句最想说的话。她想了一下说："能参与到城市更新的行动中，我感到很自豪。我想等我小儿子长大之后，我一定要告诉他断奶的故事，并带他去古松弄看一看，告诉他，你的妈妈曾经在这里流过汗水也流过泪水。"

我笑着补充道："你别忘了告诉他，还有一位老爷爷给妈妈送锦旗的故事。"

第十一章
不破楼兰终不还

在城市更新过程中，签约工作难度最大的应该算是私宅了。原因很简单，土地面积大于住宅面积。这就带来一个很现实的问题，土地面积的补偿远远低于住宅面积的补偿，而且市中心的地皮寸土寸金。这事不管轮到谁的头上，都是不乐意的。如何才能让这些私宅的产权人顺利签约呢？古松弄地块上一共有7家私宅，其中5家私宅的签约任务落在了签约2组王超的身上。

我第一次从朱俊那里听到王超的名字，以为是个年轻的小伙子。后来赵寅告诉我，王超是个女孩，还是个直爽豪放、办事风风火火的妹子。

那天上午，我来到柳园社区。在底楼的办公区域，我看到一位戴着眼镜、皮肤白皙、看上去很斯文的姑娘，心想这一位必是王超无疑。果然不出所料，姑娘回头看着我说："您是奚老师吧？"

我点点头，冲她笑了一下。

王超说："走，上楼。"说话很简短，动作却很快，走在前头带着我上楼。

在楼上的会客室里，王超便给我倒了杯水，然后把一张长方桌子拉到窗前，又去拿了两张方凳过来，说这里光线好，亮一点。这一连串的组合动作，果然很有种风风火火的味道。

落座之后，我们便开门见山谈私宅。王超说，私宅的普遍情况是房子破旧又矮小，基本上都是20世纪80年代建造的，至今已有40年左右的时间。当时造的平房够一家人居住，后来家里人多起来了，想翻建楼房得不到批准。因为不能违反城市建设的整体规划，从而造成住房面积小、土地面积大的情况。按照这次城市更新的政策，房子面积小，肯定补偿的钱会少。土地面积虽大，但每平方米只能补偿1950元，和住房面积的补偿相差很大。如果当初允许他们翻建楼房或者扩建房子，那现在就可以补偿很多钱。再加上这些私宅地处市中心，寸土寸金，拆迁之后将永远失去这些土地，所以他们不同意签约也在情理之中。

我没想到，王超一开口先替私宅的户主们说话。

我说："既然是这样的情况，那你的工作又该如何开展呢？"

王超笑着说："我一开始哪知道私宅的具体情况，根本就没放在心上。因为除了私宅，我们签约2组还有53户人家的签约任务，所以我一开始是先做这53户人家的签约工作。那个时候，我们几个签约小组私下里拼着一股劲，都不想落在别人的后面。我们签约2组一直走在最前头，我心里暗暗高兴。但我们拆迁公司的叶总给了我当头一棒，他说，别高兴得太早，有我哭的时候。我不明白他的意思，我为什么要哭呢？难道我会为了工作而哭吗？后来接触到私宅之后，我才明白叶总所说的话。"

我问："私宅的主要难点在哪里呢？"

王超不假思索，扳着手指脱口而出："第一个难点，私宅里住的都是八九十岁的老人，房子是在他们手里造起来的，每天需要接接地气。而且他们对老宅基是有感情的，是准备住一辈子的。用他们的原话说，等我死后，你们要拆就拆，随你们的便，反正我活着是不愿意搬的。第二个难点，是子女的想法，他们也不想离开有院子的老屋。如果搬进了公寓房，上不见天，下不着地，他们不习惯。所以子女们抱团抵触，不肯签约。第三个难点，那个年代子女都比较多，本来一家人和和睦睦，没啥矛盾，这次遇到拆迁，在分家产的问题上，兄弟姐妹之间各有各的想法，又不方便说，所以都不吭声，谁也不愿意先站出来签约。"

王超总结的三点原因说得比较到位，因为我在采访陈晨时，他也说到了这么几点。除了共性之外，还有每家每户的特殊情况，所以工作开展起来，其难度是可想而知的。

有一户人家，老母亲和两个儿子、两个女儿共同生活，一大家子平时都在一起吃饭。父亲在的时候，由父亲当家。父亲去世后由大儿子当家，其他姐弟每月都要交饭钱。四姐弟中除了小儿子，其他都已退休。这次拆迁，他们是最后一家签约的。他们在评估时就对工作人员提出了几点理由："一是老母亲已经 90 岁了，一辈子住在这里，每天都要踩到泥土的，所以她不愿意离开；二是你们以什么标准来进行评估？我们是独家独院，应该按别墅标准来评估；三是没有公摊面积，院子又大，又是在市中心，凭什么评估价这么少；四是我们一大家子在一起生活挺幸福的，我们要一直陪到老母亲走掉。所以我们不同意拆迁，哪怕到了强制征收阶段，我们也不怕，我们有 90 岁的老母亲，你们敢来硬拆吗？"

王超说："为了这户人家，我几乎天天去他家上班，跟他们磨嘴皮子，做耐心细致的说服工作。大儿子被我磨得有点不耐烦了，说老母亲每天晚上都要哭，说搬出去以后不可能再回来了，所以希望我不要再上门来做工作了。但是我能不去吗？我不去这签约任务怎么完成呢？所以我还得去，还得和当家人大儿子谈。大儿子没办法，只好把球踢给母亲，说产权证上写的是我母亲的名字，你去问我母亲。我便去找老太太，老太太就是不开口。我就天天找她聊天，最后终于开口了，说要 4 套房。刚说完便遭到小儿子的训斥，老娘，不能分开住，生了病没有人照顾你。后来老太太不肯见我了，看到我进门，她就躲进房间关上门，再也不出来。我们没办法，只好再跟大儿子聊，大儿子说我是不作主的，要问母亲。我们去找两个女儿，她们更是不表态，只摇头不说话。我们想找小儿子，小儿子在外面开出租车，不接电话。我每天往他家里跑，又没有效果，别的小组都快完成签约任务了，我却还在这里干这种无用功的活，想想多憋屈，真想找个地方好好痛哭一场。后来，我们利用社会关系来做他们的工作。大儿子退休前在某机关部门工作，我们就通过他原单位的领导出面，做大儿子的思想工作。小儿子的女儿是老师，我就先做通女儿的思想工作，然后通过女儿再做她父亲的工作。这样做效果很好，我们很快掌握了他们兄弟姐妹的真实想法。原来两个女儿也想要房子，而两个儿子又认为女儿是出嫁的，不应该拿房。但由于姐弟之间关系一直很好，都不想为了房子而伤了彼此的感情。所以谁也不愿意开口，老母亲也十分为难，这房子究竟该怎么分？她心想最好是每人一套，但事实上是不可能的。他们家总共住房面积只有190平方米，最多只能换3套95平方米的房子。但大儿子说，我们一共有5间屋子，要换5套房子，老母亲和4个子女每人一套。我们拿4套75平方米的房子跟他们谈，他们很生气，认为75平方米这么小，不要。后来我们了解到小儿子没有房子，是在外面租房子住的，便分析这房子应该考虑以两个儿子为主。于是，我们又做了一个方案，并与他们分开来谈，告诉两个儿子说，你们兄弟俩每人一套115平方米的房子，两个女儿合分一套75平方米的房子。这下两个儿子不吭声了，也不发火了。小儿子说听大哥的，我们觉得有希望，便提出先评估，兄弟俩就同意了。评估这天我们领导亲自过来参与评估，以示重视。然后我们再找两个女儿谈。我说，父母留下来的财产你们分一点也是应该，现在你们姐妹俩有一套75平方米的房子，你俩自己商量着怎么分吧。后来一个女儿贴钱拿房子，一个女儿拿货币。在这同时，我们积极为他们的老母亲找过渡房，但最后老太太还是住到了小儿子的出租房里。大儿子把2000多元的过渡费给了小儿子，两个女儿轮流去小儿子家照顾老母亲，一家人又亲亲热热地生活在了一起。"

　　还有几家私宅的情况基本与上面相同，都是土地面积大于房屋面积，房主认为在补偿上不够合理，拒绝评估和签约。王超是个急性子，急性子遇到慢郎中，其心情可想而知。但又不能发火，要是发火，工作该如何进行下去

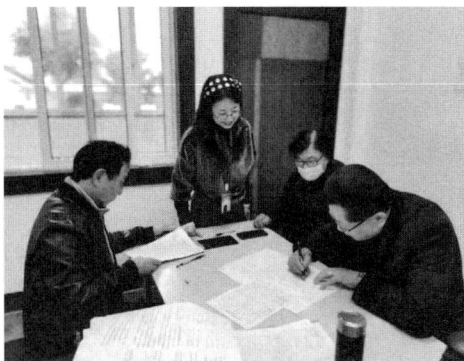

·王超（左二）指导小区居民登记有关信息

呢？所以王超只能窝着一肚子的火，脸上笑得像一朵花，耐着性子跟房主聊家常、套近乎，有些最后的结局颇具喜剧色彩。有一户人家的产权人是两个女儿，一开始对王超很抵触，不理不睬的。后来王超"攻"下其中的一个女儿后，她反过来帮王超出主意，有了想法也跟王超交流，并让王超做好姐妹和父亲间的平衡工作。

另外一家私宅更富有喜剧性，产权人有两个儿子，大儿子已经结婚，小儿子尚未成家。产权人一开始对王超凶得要命，多次把王超拒之门外。但王超站在门外就是不走，非要进来和产权人聊天。几天下来，产权人被王超的韧性和毅力给软化了，签约也就顺利进行了。签约之后产权人问王超，你有没有结婚？我觉得你这个小姑娘蛮好的，能不能做我的儿媳妇？

王超冲着我说："你说搞笑不搞笑？我都有儿子了，还问我有没有结婚！"

我说："你看上去就像个大学生的模样，我也以为你还没有

结婚哩！"

王超开心地笑了起来，笑声清脆甜美。

我由衷地说："这5家私宅被你攻下来，实属不易啊！"

王超说："有一家没有攻，但我们花的时间还是挺多的。"

"那又是为什么呢？"我问。

她说："因为这家私宅的两位产权人都已经去世，私宅一直空关着。我们只能去有关部门查找这幢私宅的资料，然后摸排所有的继承人。花了好多时间，最后确定有4位继承人。然后把私宅评估出来的钱分别发给这4位继承人。这4位继承人做梦也没有想到，天上真的有馅饼掉下来，砸在了他们头上。"

我听了有点羡慕地说："真有这样的好事啊！让他们撞上大运了。"

王超有点骄傲地说："这4户私宅的房主最后都对我非常友好，我也很开心，并建议给他们在私宅前拍张合影，留作纪念。他们听了都很感动，拍完了全家福，都要跟我来个合影。可惜有一户人家由于各种原因，最后没能拍成。"

我说："你们签约2组在10个签约小组当中，到最后的排名情况如何？"

王超的笑容一下子没了，她嘟着嘴说："奚老师真是哪壶不开提哪壶。这几家私宅把我折腾得够呛，你说我还有什么奢望在排名中争名次吗？我不填底谁填底啊！"

我赶紧说道："你们的情况特殊，情有可原。我本不该问这个问题，但年纪大了，思维出了点问题。"

王超说："你是个作家，你的思维要是出了问题，那写出来的书一定会非常好看。"

说完，王超开心地笑了起来。我不知道她这话是出于幽默，还是为了掩饰自己排名落后的沮丧心情。

王超在总结私宅签约成功的原因时，丝毫没有沾沾自喜。她说之所以成功，是因为天时、地利、人和三者兼备。这次拆迁，私宅里的老人也老了，正好可以通过拆迁把身后的遗产处理好。另外就是这次的拆迁政策好，奖励力度相当大。第三点就是我们从上到下都把工作做细做实，而且很人性化，受到了老百姓的认可。所以到最后没有留下后遗症，大家都很满意，皆大欢喜。

我让王超对参与这次城市更新谈一点自己的感想。王超想了下说："对我来说这是一次实实在在的历练。工作虽然很艰难，也很辛苦，但我认真去做了，而且基本上做到位了。可以说在工作中再苦再累，我也咬着牙不掉一滴眼泪。但过后和伙伴们回忆起当时的情景，一提起当时的种种艰辛，我就会止不住地流眼泪。前几次也有人来采访我，领导、同事和新闻媒体对我的褒奖，让我很有成就感，也感到很光荣、很自豪。最后我要感谢家人对我工作的大力支持，我的儿子刚上幼儿园，我根本没有时间照顾孩子，都是我的公婆在帮我接送孩子，照顾孩子的饮食起居。没有他们的支持，我的工作也不会做得这么好。真的，我要谢谢他们。"

王超话没说完，两颗豆大的泪珠便夺眶而出。她赶紧抬手抚泪，含笑说道："让你见笑了。"

后来我在采访拆迁公司经理叶晓峰时，他对王超的评价是相当高的。他说："王超的工作压力最大，但她的工作能力非常强。刚开始针对商品房的签约，她所在的小组第一个完成80%的签约率，走在了其他小组的前头。当时她很开心，我还给她泼了一盆冷水。结果5家私宅的签约工作，一下子把他们小组拖到了最后。王超对私宅久攻不下，心理压力非常大。但她还得每天往私宅家里走，赔着笑脸做产权人的思想工作，天天如此，白天去了晚上还去。这种窝囊活儿换了我早就亮嗓子开骂，甩手不干了。你想，这几家私宅都在菜场的边上，20世纪80年代末改造菜场时就想对私宅进行拆迁，因为受到阻挠没能拆成。1997年再次改造菜场，又要拆迁私宅，也没有成功，说明这个难度相当大。整整30多年没有办成的事，在这次城市更新过程中被一个小姑娘拿下，你说这王超是不是很厉害？所以过后我对王超说，名次落后不代表你能力不行，而是这顽固的堡垒几十年来都没有被攻破，现在被你攻破了，说明你的能力相当强。"

我知道叶晓峰的拆迁公司所对应的是第1到第5组的签约小组，我让他给5个签约小组的5位年轻人作个评价。叶晓峰认真想了一下说："赵寅聪明，朱俊沉稳，王超泼辣，薛晓婷严谨，刘玉果断。"

叶晓峰接着说："在刘玉的签约5组，有一户人家住房面积是80平方米，以前的房产证上误把车库写成了平房6平方米。这次在评估时，产权人提出这是平房，不是车库。刘玉把同样情况的产权人过户后的房产证拿出来，上面明明白白写的是车库，但他还是不服。我们便调取了1993年的房改资料，上面写得清清楚楚，住房面积多少，车库面积多少。刘玉把房改资料重重地扔在桌子上，让他们自己看，一下子把产权人给镇住了。"

　　我笑着说："刘玉当过老师，做教育工作还是有一定经验的，该软的时候软，该硬的时候还得硬。"

　　叶晓峰又把话说回到私宅。他说："做私宅的工作真的是难上加难，这些情况市委汪书记也清楚。所以有几次汪书记亲自出马，去私宅人家做工作。那些天正好是大热天，高温40多度。汪书记带着一帮人冒着酷暑走访私宅，产权人见了汪书记都不敢出来见他。因为他们不肯拆迁，提的要求过高，所以看到汪书记后张不开口。到后来，只要一看到汪书记来就回避，躲得远远的。说实话，没有汪书记的重视，我们也没有那么大的动力，签约工作也不知会拖到什么时候。"

　　我说："汪书记身先士卒，各部门闻风而动，这工作开展起来就有声有色，顺利得多。"

　　叶晓峰点头表示赞同。他说："盛海峰书记原是住建局拆迁办主任，对政策的把握非常精准，对拆迁过程非常熟悉，是个内行。平时他在镇里面上班，中午一下班便赶到指挥部，一边吃着盒饭一边听取汇报，现场解决问题。每天下午下班后还要开一个例会，各签约小组汇报当天的工作情况和第二天要做的工作。古松弄总指挥陈晨年轻有为，思路清晰，工作能力强，当天遇到的问题马上跟有关单位领导电话联系，力争当天把问题解决掉。实在解决不了的，便落实第二天解决。我们拆迁公司也是太仓最早的一家拆迁公司，工作人员都有着相当丰富的工作经验。再说老百姓从心里是拥护城市更新的，只是担心在拆迁过程中自己吃亏，所以一开始观望的人家比较多。他们会横向比较，看看人家拿的钱是不是和自己拿的差不多。汪书记说过要一把尺子插到底，一碗水端平，政策一定要公开透明，不能让老实人吃亏，更不能让蛮不讲理的人得利。所以工作推进还是比较顺利的，没有一家是强制执行的。如果有一家两家不肯搬迁，不但会让外面过渡的老百姓无法按时回迁，还要损失许多财务成本。"

说到为什么大多数老百姓一定要回迁，叶晓峰一开始也想不通。古松弄的这些老人，又不需要学区房，他们完全可以拿了钱在外面买套房子，立刻就可以住进新房。为什么偏要去外面租房子住，过渡结束还要搬次家，回到古松弄呢？后来他才明白过来，原来是有一种情怀在里面。老百姓对古松弄有着很深的感情，只要有回来的希望，他们情愿在外面租房子过渡。

我说："古松弄是他们一生的感情寄托，回迁是他们心之所向，也是他们不悔的选择。"

第十二章
幸福家书寄深情

在城市更新工作中，除了签约小组一马当先、充当主力军外，还有一支不容忽视的生力军，那就是东区社区和县府社区的全体工作人员。那段时间，两个社区肩挑两副重担：一头挑着防疫重任，每天落实防疫措施，组织居民做核酸检测，发放防疫宣传资料，检查属地各行各业的防疫情况，摸排外来人员的走向；另一头挑着城市更新过程中做好老百姓工作的重任，宣传发动，释疑解惑，解决老百姓生活中的实际困难和有关诉求，安抚老百姓的情绪，帮助老百姓落实过渡房源。应该说，这两副担子都非常沉重，既不能顾此失彼，又必须齐头并进，不能有丝毫闪失和疏忽。

在采访过程中，很多老百姓只要一提起程佳佳的名字，都会竖起大拇指，说她是真正的娘家人。无论哪家遇到什么大事、小事、烦心事，首先想到的就是程佳佳。其实程佳佳并非太仓人，而是山东人。从苏州科技大学毕业后，她跟随丈夫来到太仓，

2005年进入城厢镇中区居委工作，2019年3月调到县府社区，担任党委书记兼居委会主任。掐指算来，她在社区工作已有17年。程佳佳刚调到县府社区时，每天上班做的第一件事就是去小区走走看看，熟悉居民，了解实情。在走访中，她了解到古松弄有好多房子已经破旧不堪，窗户是关不上的，墙体有了裂缝，阳台向外倾斜，还不时有断砖残瓦掉落下来。社区想在小区的墙上安装一个公告栏，也没法办到。因为都是空心墙，一根钉子敲进去，就是一个大窟窿。

我第一次采访程佳佳，她便给了我一个很自然又令人愉悦的微笑。这种微笑会在瞬间融化彼此间的陌生感，这正是一个社区领导必须具备的基本素养。原来的县府居委因为地处古松弄地块，所以也在搬迁之列。新地址虽然离老地址不远，我也知道大概方位，但我不知道停车会有那么困难。明明看到了县府居委的大门，却找不到停车位。围着县府居委转圈，像驴子拉磨，兜了好几圈只好放弃，最后停到了旁边维也纳酒店的停车场，然后步行走到县府居委，离约定时间整整晚了半个多小时。

程佳佳早已在办公室为我泡好了茶，一见面便笑脸相迎，握着我的手说："实在是难为你了，让你找不到停车位。"

我原想解释一下迟到的原因，谁知她抢先一步，先向我表示歉意，好像我找不到停车位是她一手造成的。我只好连连点头，想想又不对，连忙摇头说道："明明近在咫尺，却只能舍近求远。你这里地处市中心，寸土寸金，找不到车位纯属正常。"

程佳佳笑着说："我们上班都把车停到弇州府大楼的地下停车场，然后走过来。"

我一听有道理，从弇州府大楼走过来比维也纳酒店走过来，起码要近三分之二的路程。

落座之后，我简单说明来意。程佳佳点头道："对古松弄地块进行城市更新，势在必行。本来老百姓的呼声很高，而且已经呼了好多年。古松弄的现状你也已经了解，几大问题始终困扰着老百姓的生活。设施老化，停车困难，没有电梯和天然气，特别是危房不少，直接影响到老百姓的生命安全。住在底楼的人家搞卫生时都要戴着头盔，因为楼上人家经常有砖块掉下来，怕砸到头上。后来我们用了很多网兜，把二、三楼的外墙兜起来，防止砖块跌落。虽然创建文明城市的时候搞过整修，但治标不治本，解决不了根本问题。"

我说："在采访过程中，我听到有些老人说不愿意搬迁。因为年纪大了，怕搬出去后再也搬不回来了。"

程佳佳听后又笑了起来："那是当然，不可能所有的老百姓都想着要拆迁，否则我们的工作就不会那么辛苦了。我们县府社区在这次城市更新过程中涉及 403 户人家，另有商铺 35 家，私宅 2 家。80 岁以上的老人 192 人，其中离退休老干部 31 人。老年人不想搬应该是他们的真实想法，一是在这里住习惯了，和周边的环境、邻居都融为一体了，不想动。二是叫他们搬到哪里去？附近有医院、有菜场、有商场、有点心店吗？再说家里有那么多旧东西往哪里搬？三是搬到一个新的地方，人生地不熟的，找谁说话去？对着墙壁说话吗？这不是要把人活活憋死吗？再说，三年后还搬得回来吗？奚老师你听听，老人的顾虑和担心是不是很有道理？"

我点头道："很有道理，而且都是实实在在的现实问题。"

"那为了照顾这些老人的现实问题，我们就可以放弃城市更新吗？"

我点点头，又摇摇头。

程佳佳看着我说："当然不行。那么多的危房，那么多的隐患，老百姓的安全得不到保障，这些问题才是更现实、更重大的问题。再说，全国最具幸福感城市的市中心，竟然还有古松弄这样一块破烂之地，别说让外人看了笑话，我们自己看了心里也很不舒服。所以说城市更新势在必行，我们社区的工作注定不会轻松。要做通这些老人的思想工作，并非易事。刚开始我有很大的心理负担，压力很大，怕工作做不到位，拖了整个城市更新工作的后腿。"

我说："事实上你做得非常到位，没有一个老百姓成为钉子户而让你难堪。"

程佳佳听了开心得笑出声来。"这要感谢他们对我工作的大力支持，特别要感谢那些离退休老干部，他们觉悟高，识大体，顾大局，身先垂范，带头签约，带动了大家纷纷签约。像离休老干部戴干，在群众中威望很高，他的房子独家独院，院子里有好多树和盆景，有自己舒适的小天地，拆迁对他来说有许多许多的不舍。但他看到周边人家的现状，看到古松弄破旧的人居环境，便毅然决然带头接受评估和签约，起到了四两拨千斤的作用，带动了好多干部群众签约。"

我点头道："我采访过戴老，他的情怀还留在古松弄，留在他培育了 30 多年的花木世界。"

程佳佳说："是的，那天我去华侨花园看他。我和他站在17楼的阳台上，望着一辆高铁列车在不远的地方徐徐前行。我说戴老，你现在是站得高看得远，高铁都能看得到。戴老对此好像兴致不高，嘴里嘀咕着说，我的小院子再也看不到啰！"

说到如何安抚和疏通老百姓焦虑的情绪，程佳佳似乎陷入了回忆之中。她说："其实老百姓都是很善良的，他们也知道城市更新是政府为他们做的好事，也知道自己是必须要搬走的。他们只是不知道怎么搬，搬到哪里，新的地方不习惯怎么办，看病、买东西不方便怎么办。有了心事，他们就睡不着觉。睡不着觉，就想要找个人聊聊。所以我经常在深更半夜或者凌晨四五点钟接到他们的电话。那个时候正好又是疫情最为严重的阶段，我们社区所有工作人员都住在社区里。一天到晚忙得焦头烂额，往往要忙到深夜才休息。有时刚刚入睡，手机铃声就响了起来。不是这个阿姨，就是那个阿姨，不是这个大伯，就是那个爷爷，他们说睡不着，想找你聊聊。我总是强打着精神陪他们聊，聊来聊去就是这些重复的问题。我只能不厌其烦地安抚他们，让他们放心。并告诉他们，社区一定会帮助你们找到理想的过渡房，一定会把你不需要的废旧东西处理掉，一定会帮你们搬好家的，如此等等。"

我不解地问："那你为什么睡觉前不把手机关了，让自己好好地睡一觉？第二天还有好多事情等着你哪！"

程佳佳听了连连摇头。"不能关的，万一哪位老人有急事找我，万一哪位老人身体出现了问题找不到我怎么办？所以我必须做到24小时不关机。"

我说:"那这样的话,你的身体会支撑不住的。"

程佳佳笑着说:"没事,我还年轻,身体好着哪!"

事实上,程佳佳在我面前说了谎话。因为后来我在采访别人过程中,有人告诉我,程佳佳工作过度劳累,导致心脏病发作,半夜被家人送到医院急诊室。我听到这个消息,便决定第二次采访程佳佳。

第二天上午9点,我如约来到县府社区。已经在县府社区上班的薛晓婷告诉我,程书记有急事出去一下,叫我在她办公室坐一会儿。我走进程佳佳办公室刚坐下,薛晓婷便特意过来陪我说说话。我趁机问程佳佳有心脏病的事,薛晓婷听了直摇头,说:"我从来没听说程书记有心脏病,但她是个工作狂,哪里有事她就赶到哪里,每天有干不完的事,太辛苦了!"

这时,我看到程佳佳办公桌的电脑上挂着两张书签,每张书签上都有一行稚嫩的字。一张书签上写的是:世界上最辛苦的美少女程佳佳;另一张书签上写的是:为人民服务是我妈最崇高的职责。薛晓婷在旁边说,这是程书记读小学的女儿写给妈妈的。

我在办公室等了大约一个小时,程佳佳风风火火地走了进来。见了我一笑,说"让你久等了",然后拿起一杯水,一口气喝了个底朝天。

我说:"看你脚下生风,是不是遇到了什么火烧火燎的事情?"

程佳佳挥着手说:"别提了,一说就来火。"

但她刚坐下,还是冲着我说了起来。"奚老师,你说本来是一件大好事,偏偏冒出那么多烦心事。我们有个小区叫月亮湾，原本是一个开放式的小区，外来的小车经常开进来乱停乱放，小区居民意见很大，多年来一直呼吁要引进物业，加强管理。我们社区这几年一直在为月亮湾小区引荐物业公司，但人家来看了都摇头，认为小区面积太小，住户不多，做起来要亏本的。最近好不容易有一家物业公司愿意进驻小区，并很快制订出了管理规划和具体措施，设立保安，安装道杆，让外面的小车进不来，并为小区居民划出了停车位。你说多好的事情，但在交物业费的问题上，大家就不乐意了。说以前从没交过物业费，为什么要交？后来又说物业费太贵，不愿意交。奚老师，物业费一平方米才几毛钱，这么便宜的物业费他们竟然还嫌贵！再说这个物业公司只是想做个广告，并不想赚多少钱，能不亏已经很好了。小区里的普通老百姓倒没啥意见，反而是个别退休的机关干部在胡搅蛮缠，你说气人不气人？"

我赶紧安慰她说："快消消气，你心脏不好，别伤到自己的身体。"

程佳佳听了一愣，"你怎么知道我心脏不好？"

我说："别瞒我了，说来听听。"

程佳佳又挥了挥手说："没啥好说的，我的心脏好着呢，不算严重。"

我说："不严重怎么会半夜送到医院急诊室？"

程佳佳说："那段时间不是正好忙嘛！今年2月份疫情卷土重来，全体工作人员都住在了社区里面。我们每天都要忙到半夜，第二天凌晨4点又要开始准备当天的防疫工作。我们社区管辖的商区比较多，南洋广场、华旭广场都属于我们社区管，外来进出人员比较复杂。一些居民小区又没有物业管理，给防疫工作带来了很大的困难。加上城市更新工作，对小区居民要做好安抚工作，解决他们的思想顾虑和生活上的实际困难。整天连轴转，太累了。那天下午，我感觉身体有点不舒服，便在晚上赶回南郊的家里去睡。难得陪女儿一起睡，躺在床上跟女儿说说话，了解一下女儿的学习情况。这时候，就感到胸口闷得慌，紧接着从胸口一直疼到后背，头上直冒汗，脸色发白，呼吸也困难，当时把女儿吓坏了。我用手搭了一下脉搏，心律一分钟只有40多下，感觉自己快要不行了。家里人连夜把我送到人民医院急诊室，检查过后说主要是过度劳累、精神高度紧张造成的。医生要我住院，我没同意，医生便给我配了一些药，我就回家了。第二天早上感觉身体还可以，便又到社区上班了。"

程佳佳笑着说："就这么简单，没什么惊心动魄的事。"

我说："心脏出了问题可不是小事啊！你应该听从医生的安排，在医院里住段时间，一边接受治疗，一边休养生息，把身体调理一下。"

"怎么可能？"程佳佳说，"社区工作那么多，人手又不够，一个萝卜一个坑，谁也顾不上谁。像小顾书记身体也不是很好，都在咬着牙坚持工作。她负责接听电话，那些管控人员情绪都是很不稳定的，经常在电话里说一些非常难听的话，小顾书记只能不厌其烦地做好解释和安抚工作，精神压力非常大。还有小钱，她父亲胃出血住院，没人陪。小钱陪了几天就让丈夫进去陪，自己马上投入紧张的工作中。所以说，那段时间大家都是很拼的。"

工作辛苦一点倒也无所谓，主要是遇到一些麻烦事，常常让程佳佳感到心烦意乱、疲惫不堪。比如有一户人家曾在古松弄买了一套2楼的房子，开发商为了提供"增值服务"，把2楼的阳台扩大到底楼车库的平顶上面，让2楼的阳台多出了很多面积。在这次评估中，户主提出对大阳台的补偿要求。这本来属于违建阳台，怎么可能补偿呢？但户主不依，一定要补偿，不答应补他就三番五次到社区来闹，把程佳佳弄得火冒三丈。但又不能当着户主的面发火，只能心平气和地反复解释，还得把笑容挂在脸上，最后总算把工作做了下来。

我望着有点憔悴的程佳佳，问："最近身体怎么样？感觉还好吗？"

程佳佳笑着说："我没事，只是偶尔心脏部位会有痛感，有时晚上无法入眠。我想等工作告一段落之后，去上海的医院彻底检查一下。"

我说："但愿能早日兑现你的想法。"

程佳佳用手梳了下头发，岔开话题说道："奚老师，给你汇报一件事，也请你帮我出出主意。"

"什么事？"我问。

程佳佳说："我们在帮助小区居民搬家的过程中，我深切地感受到老百姓对古松弄的依恋和不舍。好多居民都是等过完了年再搬家，就是想在自己的老宅里再祭拜一下老祖宗，并把搬迁过渡的事告诉老祖宗，让老祖宗放心。过完年后，他们才开始搬家。不管是回迁的，还是拿货币的，他们在搬迁时都会拉着我的手依依不舍，说程书记啊，我们这一走就很难再见到你了。如果我们想你了怎么办啊？我听了这话，心里也是酸酸的，很难过，便想通过一种什么样的形式，保持我们和社区居民之间的紧密关系。老人虽然搬迁出去了，但他们始终是我们关心的对象，彼此之间情感的纽带不能断掉。我们社区领导几次商量过后，决定做一个幸福家书，定期寄给在外过渡的小区居民，以此表达我们对他们的关心和牵挂，同时把古松弄的建设进程向小区居民作个汇报。他们收到幸福家书后，一定会非常高兴，同时把自己的感想和一些实际困难，通过家书在第一时间反馈给我们，从而获得我们的帮助。"

我听了兴奋道："这个金点子好啊！什么时候开始实施？"

程佳佳笑着说："已经开始啦！第一封家书已经在 7 月 29 日寄出了。我们准备隔两三个月寄一次，等到 3 年后回迁，我们再做一个纪念徽章送给每一户回迁居民。"

程佳佳说到这里，便叫小顾书记去拿了一套幸福家书过来。

这是一套做工非常精致的礼盒，褚红色的盒子上写着"上善县府，幸福家书" 8 个烫金大字。盒子里有一本相册，可以把古松弄的老照片和更新之后的新照片放在里面。另有一张明信片，明信片上是一幅古松弄局部住宅房的老照片。盒子里最为抢眼的，便是窗花镶

· 幸福家书

嵌、中间是烫红封面的一封家书。

小顾书记说，这封家书是程书记花了好多心思，字斟句酌亲自写的。

我打开幸福家书，一行行灵动跳跃的文字展现在了我的眼前。

县府的家人们：

展信悦！

当您展开这封信的时候，我们就要短暂地分开一段时间了。当城市更新的集结号吹响，这片土地就蓄势待发，精心酝酿着一场蝶变。这些日子以来，看着一个个熟悉的身影陆续从这里搬离，我们有许多的不舍，当然也有满满的期待。所以，我们想通过这样的方式，再和大家聊聊"家常"。

清晨，再次走进古松弄的巷子里，早餐店门口还冒着热腾腾的香气，菜场内人来人往的生活气息扑面而来，一如既往的安逸和从容，没有太大的变化。对古松弄的感情，就在这来来回回的走街串巷中，悄悄地溜进了我们心里，这是我们共同热爱的家园。我们想代表社区，先和大家说一声"谢谢"，告别家园，大家都有很多不舍。再和大家说一声"保重"，期待千日回迁后，我们再相聚！

也请大家放心，无论在哪里，社区都会与大家紧紧联系在一起，所以我们向大家送出了这封"幸福家书"。接下来，社区会定期向大家寄送"家书"，希望通过这样的方式把家园建设的进度、社区工作进展等情况及时告诉大家。我们也欢迎大家在收到家书后给我们回信，像往常一样，和我们唠唠家常、说说近况。如果遇到困难需要帮助，也请主动联系我们，我们的关心和服务一如既往。

短暂的分离，是为了更好的相聚，县府社区有你们才更美好。期待在不久的将来，我们重聚在一起，继续携手共建我们的幸福家园！

程佳佳说："第一封家书寄出之后，已经有不少居民给我们回信了。他们都说收到家书后很激动，娘家人没有忘了他们。同时还介绍了他们目前的生活状况，让我们放心。以前逢年过节，像中秋啦，国庆啦，过年啦，我们都会把居民代表请到社区来搞活动，而且每月 20 日下午是雷打不动的居民活动日，会开展一些茶艺、瑜伽、旗袍秀和舞蹈打莲湘等活动，非常热闹。现在大家都分散到了四面八方，我们仅仅寄封家书还远远不够，工作还需要进一步跟进。所以我在想，是否组织一个访亲团，利用晚上和周末的时间，去居民家里走访聊天。特别是一些有病的，残疾的，瘫痪在床的，他们非常渴望能得到社区的关爱。还有就是遇到哪位老人过生日了，我们要带着小学生上门，在送上生日蛋糕的同时，让小学生为老人唱唱歌，跳跳舞，增加一点热闹的气氛。"

我说："你对小区的老人好像怀有一份特殊的感情。"

程佳佳收了笑容，垂下头说："老年人特别需要得到情感上的抚慰，哪怕我们付出一点的关爱，他们都会感到特别温暖。我的妈妈去世后，就我父亲一个人在山东的家里。因为疫情，没法把他老人家接过来，我只能每天抽时间给他打个电话。有

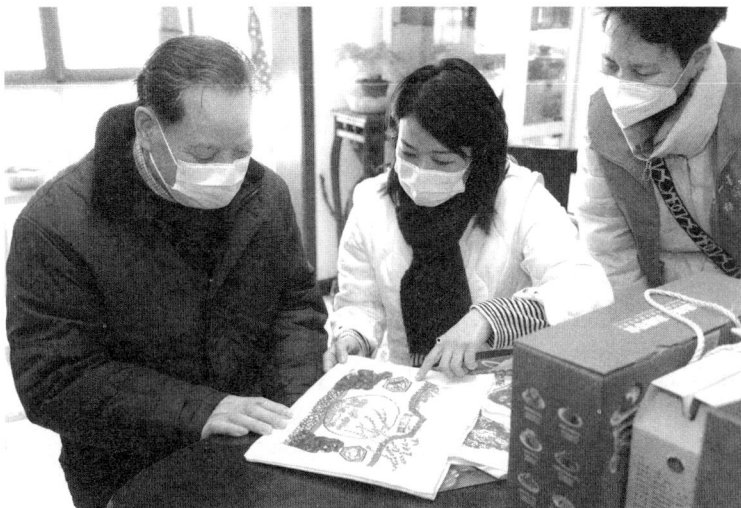

·程佳佳（中）慰问在外过渡老人

时候工作一忙就忘了，或者打得晚了，我父亲便会打电话过来，语气显得非常焦急，甚至有点埋怨。"

我感叹道："鱼和熊掌不能兼得，你也只能是顾了大家顾不了小家。听说你有两个孩子？"

程佳佳听后很开心地笑了，接着又有点伤感地说："儿子16岁啦，读初三。女儿11岁，读小学五年级，他们都很乖。平时我没时间照顾他们，丈夫在银行工作也忙。所以在家里面哥哥带妹妹，兄妹俩也习惯了。有时我难得回家陪他们一起吃个晚饭，但中途总有电话把我叫走。我女儿总是冲着我说，你去吧！老百姓更需要你。"

程佳佳说到这里，语气明显低沉下来。我抬头一看，她正用手背擦拭自己湿润的眼角。

往常我们称赞一位社区领导，总会说他（她）的心里装的全是老百姓家里的事，唯独没有自己的小家。这话仔细想想是不对的，或者说是不全面的。其实他们的心里也同样牵挂着自己家里的亲人，也同样惦记着家里老人的生活起居和孩子的学习情况。只是他们分身乏术，没办法照顾到家里的每一位亲人。如果有时间，哪怕只有一点空隙时间，他们也会想着家里需要解决的事情，也会想着最好能回家关心一下父母或者孩子。但这往往只是一种奢望，现实中他们根本就无法兼顾。

我们常说金杯银杯，不如老百姓的口碑。程佳佳之所以在老百姓中有那么好的口碑，不仅仅表现在老百姓有什么诉求，她都积极地为老百姓解决问题，更表现在主动发现老百姓家里存在的困难和问题，然后帮其解决。程佳佳要求社区工作人员经常去小区走走，与居民聊天，无意中会聊出很多需要解决的实际问题。

2019年创建文明社区时，古松弄停车难始终是一个无法解决的老问题。住户人家的车没地方停，停在马路上每次罚款50元，小区居民对此都感到很无奈。程佳佳在走访过程中发现，有个院子里有一棵大树和一些杂树，如果把这棵大树挪走，再铲掉杂树，在院子里建个停车场，就可以解决居民的停车问题。于是她跟院子里的住户提出自己的建议，得到了大家的一致赞成。移走大树后，再把院子清理干净，划出22个停车位，从而彻底解决了停车问题。居民们又自筹资金，在院门口装了闸杆，防止外来车辆驶入。有一次汪香元来调研时，他们都说解决了停车问题，非常开心。自从有了这个停车场，居民之间也更加团结友好了。每到逢年过节，大家都会在停车场欢聚一堂，庆祝节日，并不忘说上几句赞美社区书记程佳佳的话。

古松弄 19 号的院子里也有一棵大树，由于树梢触碰到了电线，容易导致漏电。每次打雷，住在底楼的人都会感到手麻。程佳佳想把树移走，但大吊车根本开不进去。工人只能踩着梯子，爬到树上剪去一些树梢。后来树又长高了，树梢再次碰到了电线，程佳佳索性叫人把树拦腰锯断，然后费了好大的劲才把锯下来的半截树弄出院子。这院子里住着一位年近 90 岁的朱阿姨，程佳佳在工人锯树的当口，走进了朱阿姨的家，与她聊天。朱阿姨腿脚不便，视力也不是很好，加上身材有点胖，所以生活起居不是很方便。程佳佳走进朱阿姨的卫生间，发现在马桶的上

• 居民代表给县府社区送锦旗

方吊着一根布条子，吓了一跳。一问才知道，原来朱阿姨上完厕所后起身很困难，只能用手拉住布条子才能站起来。程佳佳了解实情后，心里很难过。她马上组织人员对小区住户进行入户调查，结果发现有许多人家的老人都存在上厕所困难的情况。针对这一情况，县府社区马上开展了一次关爱行动，免费为26户有老人的家庭在马桶旁和浴缸边安装了扶手。对进院入户有台阶的地方，全部改为斜坡，并在旁边安装扶手，以防止老人走路摔跤。

程佳佳的主动作为，为小区居民做的好事，老百姓看在眼里，记在心里。在采访过程中，老百姓对程佳佳啧啧称赞，赞赏有加。我想，这些赞美之词对程佳佳来说，是理应得到的最好的回馈。

在东区社区采访时，社区党委书记、主任陆赟介绍的"二室一厅"服务项目，与县府社区的"幸福家书"有异曲同工的功效。

在昌平住宅小区的西侧，有一幢两层楼房，原先是东区社区居委会的所在地。2009年，居委会搬至南洋丽都住宅小区之后，这里便成了东港戏曲社和老年人日间照料中心。城市更新之后，东区社区在这里创设了一个"常来常往"邻里室。我走进这间非常温馨的邻里室，只见里面摆放着许多茶几、沙发和凳子，墙上挂的是古松弄地块的老照片。陆赟告诉我，开设"常来常往"邻里室，主要是考虑到有些在外过渡的居民想回来看看，也为有的老邻居想有一个聚会聊天的地方。这个邻里室就是社区为大家打造的一个共同的"家"，大家可以在这里歇歇脚、喝喝茶。此外，社区也会组织过渡居民在这里举办一些活动，

· 东区社区"邻里室"

一是向大家通报一下城市更新工作的进展，二是征询大家对社区、对城市更新工作的意见和建议，三是聊聊天、做做小游戏，大家热闹热闹。

"二室"除了"常来常往"邻里室外，还有个"一点一滴"交流室。陆赞告诉我，这个交流室实际上就是社区组建的一个过渡居民的微信群。社区会把城市更新的进展和社区的一些工作告诉大家，大家有什么意见、遇到什么问题也可以在这里反映。社区还专门办了一份《红心结》电子期刊，定期发到群里。陆赞说："开这样一个交流室，最主要的目的是在社区和在外过渡的居民之间搭建一个交流平台，并告诉他们，社区永远是大家的家。"

除了"二室"之外还有"一厅"，那就是"诚心诚意"便民厅。太仓的每个村（居）委会都有一个便民服务大厅，提供各种服务，方便、快捷。但古松弄地块上的居民搬走了，有的离社区比较远，如果有事情要办，会比较麻烦。陆赞说，社区组织了工作人员和一些志愿者为他们提供服务，有些事项由工作人员和志愿者代办，居民不用到或者少到便民服务大厅，就能把事情办成。

应该说，不管是此前的摸排、宣传、动员、协调工作，还是后来的各种创新服务，社区一直是城市更新工作的重要推动者。为了古松弄地块的城市更新工作顺利开展和高效推进，东区社区和县府社区的全体工作人员为此辛勤地工作、默默地付出，做出了很大贡献。

第十三章

实至名归"老娘舅"

在太仓市城市更新城厢镇指挥部内，除了 10 个签约小组之外，还有 14 个现场工作组。其中有一个叫"老娘舅工作组"，专门负责调解在城市更新过程中产生的家庭纠纷。坐镇指挥部开展调解工作的，便是赫赫有名的"老娘舅"张立新和"郝姐"郝丽娟。

张立新曾任城厢镇万丰村党委书记、城厢镇司法所副所长等职。在 10 多年的调解工作中，他立足于群众，着眼于群众，懂得群众心理，会做群众思想工作，在群众中享有较高的威望和知名度。在兼任人民陪审员的过程中，他又学到了很多法律方面的知识。退休之后，张立新成立了"老娘舅"调解工作室。凭借他丰厚的法律底蕴、娴熟的业务技能、独特的调解技巧，多年来累计调解各类纠纷千余件，妥善化解了数十起倍受群众关注、社会影响较大的群体性上访案件，被上级部门授予"江苏省最美人民调解员""苏州市百佳人民调解员""太仓市十佳人民调解员""娄城老娘舅"等称号。以他为首发起的社会组织"老娘舅志愿服务社",为推动司法行政领域的社会治理创新,更好地发挥人民调解作为社会"稳定器"的作用,为提升人民调解的社会公信力和影响力做出了积极贡献。

郝丽娟曾任居委会党委书记和主任等职,多年的基层工作为她积累了丰富的调解经验,累计调解各类纠纷数百件。她尤其在邻里关系、婚姻家庭纠纷等领域形成了独树一帜的调解风格和调解方法,曾先后被上级部门授予"全国模范人民调解员""江苏省优秀人民调解员""太仓市优秀人民调解员""太仓市巾帼优秀志愿者"等荣誉称号。

2021年12月9日,城市更新动员大会召开之后,老张和郝姐便正式入驻指挥部办公。从12月16日接手第一起调解家庭纠纷的一个月内,共受理各类矛盾、纠纷50起,其中成功调解22起。应该说,在春节前后的两个月时间,是调解工作的高峰期。老张和郝姐跟那些签约小组的年轻人一样,没有休息天,每天工作到晚上九十点钟才回家。70岁的老张体力不支,终于在年前几天发起了高烧,但他坚持上班,郝姐赶他,他也不走。后来高烧40度,老张实在是撑不住了,只好去医院挂水。休息了两天又想上班,被郝姐在电话里骂了一通。其实,郝姐一个人也累得不行,她如果再倒下的话,办公室就没人了。而她的办公室每天都是门庭若市,上午一上班便像医院专家门诊开门一般,不少居民前来咨询各类有关财产分割和其他方面的事情。所以在年前的几天,郝姐也是强撑着疲惫不堪的身体在超负荷工作。幸亏有一个春节,给了老张和郝姐一个喘息的机会,在家踏踏实实地歇了几天。春节一过，他俩又精神抖擞地投入紧张的工作之中。

在调解工作中，最让他们棘手的是一位离休老干部家庭。老干部年近百岁，德高望重，在干部、群众中享有崇高的威望。无奈年岁已高，得了老年痴呆，神志不清，难得清醒，只认得出保姆，其他亲人都已不认识。平时白天由保姆照顾，晚上由两个女儿轮流护理。老干部的住房面积有 160 平方米，居住条件比较好，有天然气，有养老设施，也安装了监控。两个女儿认为父亲的身体状况不是很稳定，折腾不起，一旦搬迁会有危险。出于父女之间的深厚情感，她们坚决不同意评估、签约、腾房。无论是市里领导、镇里领导上门探访，还是女儿原单位领导上门做工作，均被拒之门外。再加上老干部的家庭情况有些复杂，其住在苏北的前妻女儿得知此事，也跑来太仓想分得一套房子，从而加剧了评估、签约工作的复杂性和艰巨性。怎么办？在指挥部的专题会议上，大家一致认为，把这个艰巨的任务交给"老娘舅"。

老张和郝姐接手此事后，整整花了 5 天时间，把离休老干部的家庭成员和财产情况进行了全面的梳理，然后对苏北女儿的情况进行调查取证，以确认其是否拥有继承权。首先看苏北女儿有没有与后妈共同生活过，在后妈生病和去世期间，有没有尽到义务和责任。在这基础上，他们又花了整整一个星期，对离休老干部的财产进行了分割。苏北女儿对法律不是很懂，只是从血缘关系来强调自己应该拥有继承权。老张和郝姐耐下心来反复给苏北女儿解读有关法律知识，明确告诉她，现在的房产是你父亲和后妈的共同财产，后妈拥有的一半家产你是没有继承份额的。除非将来你父亲去世后，你父亲的那一半财产才有你的三分之一份额。但苏北女儿还是听不懂，老是颠来倒去地唠叨她小时候曾来太仓生活过两年的往事。老张和郝姐每天上午9点去宾馆，跟苏北女儿磨嘴皮子，晚上9点回家，整整磨了5天时间，把他们搞得精疲力尽。最后一天他们又去做工作，直到下午终于把苏北女儿的思想工作做通。两人刚要松口气，谁知到了晚上苏北女儿又反悔了，还把他们从宾馆里赶了出来，把郝姐气得差点吐血。

郝姐说到这里，还气愤地直喘气。她说："我们每天对着她低三下四，苦口婆心，她要么不说话、不表态，要么回忆往事，翻来覆去说一些鸡毛蒜皮的事情，把我们的心情搞得一团糟。"

我问："那最后如何解决的呢？"

老张说："我们做了几种方案跟她谈，第一个方案不行，就谈第二个方案，第二个方案不行，就谈第三个方案，最后苏北女儿终于同意拿钱走人。"

与此同时，签约小组的工作人员也在积极为离休老干部寻找过渡房源。那些天正好又是大热天，他们冒着酷暑来回奔走，先后找了10多家中介公司，都没找到符合两个女儿提出的住房条件的房源。历经千辛万苦，最后终于在离女儿家比较近的地方，找到一套居住面积和环境都比较符合她们要求的二手房。

正所谓"精诚所至，金石为开"。工作人员的不懈努力和艰辛付出，深深地感动到了两个女儿。她们终于打开了封闭已久的家门，同意工作人员上门评估。最后在"老娘舅"调解工作室里，关于财产分割的人民调解书正式落地签字，城市更新签约小组和两个女儿的房屋签约也同时进行。

老张说，我们辛苦一点无所谓，只要能把问题圆满解决，我们就满足了。

还有一家也是离休老干部家庭，在古松弄有楼上楼下两套房。老干部已经去世，两个儿子都是国家干部，一个在上海，一个在苏州，家里就住着一位老干部的后妻。后妻与离休老干部共同生活了 30 年，如今已是 90 岁高龄。这次城市更新，后妻提出来要一套房。但是离休老干部的两个儿子拿出了一份家庭协议书，证明后妈只有居住权，不是产权人。原来在离休老干部去世之后，两个儿子把父亲的遗孀费和老干部补贴都给了后妈，然后让后妈放弃父亲遗产的继承权，并签下一份家庭协议书进行了公证。

老张说，如果没有这份家庭协议书，离休老干部名下的遗产就应该由两个儿子和后妈共同继承。但有了这份家庭协议书，后妈就拿不到一分钱。这对共同生活了 30 年的后妈来说，于情于理都说不过去。

后妈提出要拿一套房，两个儿子显然不同意，他们坚持要拿钱。如果拿钱，后妈就失去了安身之处。经过调解，两个儿子提出让后妈去租房子住，房租由他们来承担。因为两个儿子心里也清楚，后妈已经是 90 岁的人了，至多也就租个几年时间。但这样一来，后妈就一分钱也拿不到了，所以她坚持要拿一套房。

针对这种情况，老张和郝姐采用原则性和灵活性相结合的办法，动员后妈不要拿房，争取拿到一点钱，然后住到自己儿子的家里，把钱给儿子，也不要在外面租房子了。经过耐心的动员，后妈终于接受这个方案，但提出要拿40万元钱。老张和郝姐又去做两个儿子的思想工作，两个儿子也同意这个办法，但只愿意给后妈18万元。后妈认为如果没有那份要命的家庭协议书，这次遗产分配中她起码可以拿到70万元，现在却只给她18万元了事，不行。老张和郝姐只好两边来回跑，反复做双方的思想工作。最后终于各让一步，一次性给后妈26万元，从而彻底了结了这件家庭财产纠纷。

郝姐告诉我，还有一位离休老干部，已经90多岁，双眼几乎失明，多少年来一直由大女儿照顾。如今大女儿也已70岁了，但她始终如一、尽心尽责地照顾着老母亲，还隔三岔五地推着轮椅送母亲去中医院看病配药。对于这次城市更新，大女儿忧心忡忡，一是担心找不到靠近中医院的过渡房；二是想回迁，让老母亲3年后回到生活了几十年的老地方，但她又担心兄弟姐妹们不同意。因为她有一个弟弟、一个妹妹，还有一个父亲与前妻生的儿子，远在福建。4个兄弟姐妹之间曾经有过一个协议，这套70多平方米的房子，以后由四兄妹平均分配。所以大女儿的担心不无道理，事实也印证，除了大女儿之外，其余三人都提出货币结算，然后四人平均分配。

大女儿跟郝姐比较熟悉，对郝姐也非常信任，所以想请郝姐出面调解。郝姐感到难度很大，因为四兄妹有过协议，想要修改协议几乎是不可能的。但考虑到大女儿多少年来对母亲的付出，如果按协议处理确有不公。再说货币结算就拿不到过渡费补贴，老母亲不仅失去自己的房子，还得自己掏钱在外面租房子住，这在道义上也说不过去。所以，郝姐决定试一试。前后整整花了一个月时间，郝姐来回奔走于兄弟姐妹之间，最后总算有了一个令各方比较满意的结果，并在住建局的帮助下，在中医院附近租到了两间公租房。

老张说，有一户人家有 26 位房产继承人，调解过程也相当艰难。调解成功的那一天，这间调解室里济济一堂，26 个人排着队轮流签字。

我说："在城市更新过程中你们付出了很多很多，而且你们经手的都是签约小组难以解决的矛盾和纠纷。"

老张有点骄傲地说："签约小组的年轻人跟着我们一起参与调解，从中也学到了很多。我们教他们如何收集有价值的资料，工作中又要注意哪些方式方法。"

我点头道："是的，我在采访中，这些年轻人说起'老娘舅'，都说在你们这里学到了很多东西，受益匪浅哪！"

在太平路镇政府马路对面的城厢镇司法所，是老张和郝姐多年来办公的地方。办公室的墙上挂满了锦旗，都是近几年有关单位和个人赠送的锦旗。锦旗上分别写着"公平公正，热心为民""公正调处，为民解忧""为民服务，排忧解难""宽厚有度，一心为民；秉公执法，调解有方""为民调解行善事，排忧解难积功德""耐心调解去民忧，公平公正显稳定""正气凛然有公道，全心服务解民忧""依法调解，深得民心"……老张说，锦旗多得放不下，他们把前几年的锦旗都收了起来。

我问："你们去了指挥部上班，那这里就关门打烊啦？"

郝姐摇头道："怎么可能！我和老张是两头跑，一头跑指挥部办公室，一头跑这边的调解工作室。社会上的一些家庭，遇到矛盾纠纷都愿意跑到我们这里来。"

我由衷地说道："老娘舅调解工作室名声在外，社会上好多家庭有了矛盾纠纷，都希望能得到你们的调解。"

老张点头道："我们这里还有一个老娘舅志愿服务工作室，是2016年正式成立的，当时有13个核心成员，后来发展为26位骨干人员。基本上都是一些退休人员，有企业老总、退伍军人和社区工作人员等。这些骨干人员在我们这里工作三四年后，就成为非常成熟的调解员，然后他们回到自己所在的社区和村，从事调解工作。而我们继续从社会上挖掘符合条件的志愿者，到这里一边学习一边配合我们开展工作。市委政法委和司法局看到我们工作做得好，便把这里作为一个人民调解的孵化培训基地，请各乡镇先后派4批、每批2人到我们这里接受培训，一年分4次培训，每次3个月，上12个课时，其中包括劳动法、遗产继承法、婚姻法、环境保护法，如何做案卷，等等。这些学员学成归去，就可以独当一面，开展调解工作。到2020年，各乡镇和各个社区都成立了调解工作室，我们给予业务指导，并每年开展6到8次业务培训，相互之间参观、交流、学习。每年年底还有一个总结会议，总结一年来的工作经验和教训，并请专业律师给大家作培训。"

郝姐说："老娘舅志愿服务工作室是一个社会组织，第一批骨干回去后，都在社区成立了调解工作室。现在来的都是一些新的培训人员，力求年轻化。我们调解工作的宗旨是：小事不出村和社区，大事不出镇，遇到实在无法调解的，就让他们走法律程序，由法院来解决。"

我问："如何才能成为一名合格的调解员？"

老张扳着手指说："一是要懂法律知识，这是最基本的要求；二是要了解社会上的风俗习惯，这对调解很有帮助；三是一定要公平公正，千万不能偏向某一方，否则注定会调解失败；四是一定要有耐心，要有放弃休息和晚上加班加点做材料的吃苦精神，否则会半途而废。有一次我们到村里去调解，一直调解到下午3点才吃上午饭。当时有一位副镇长没吃早饭，到了12点提出先吃饭。我说不行，办事一定要一鼓作气。"

我笑着说："你可够厉害的，让领导饿着肚子。"

老张严肃地说："没办法，有些事情调解到一定火候时，必须一鼓作气，否则中途一熄火，就容易变卦，把事情给办砸了。"

"这可是经验之谈呀！"我说，"在这次城市更新过程中，如果没有你们的介入，签约小组的年轻人确实很难解决一些特殊的家庭矛盾或纠纷。"

郝姐说："城市更新涉及各家各户，不拆迁太平无事，一拆迁好多家庭隐藏已久的矛盾就一下子暴露出来了，当然主要还是财产分割方面的纠纷。"

我说："你们高超的调解能力和吃苦耐劳的奉献精神，为顺利推进城市更新工作，做出了很大的贡献。功不可没呀！"

老张和郝姐都摇着手连声说道："应该的，应该的。"

第十四章
三地联动齐步走

　　城厢镇城市更新共涉及三个地块，除了古松弄地块外，还有原城三小地块和胜利村地块。

　　胜利村属于城中村，10年前政府就提出来要搬迁重建。但胜利村的土地属于集体用地，先要由太仓市资产规划局进行征地。而征地工作又很复杂，2016年之前苏州地区的做法是净地征，就是该土地上面已经没有了住户，才可以进行征地。如果该地块还有住户，且不同意搬迁，就不能进行征地，除非通过主管部门和法院强制执行。2016年后，政策上有所改变，只要该土地的净地达到95%以上，就可以连带地上物征地，然后把集体土地变为国有土地，再由市住建局进行征收，方能开展城市更新工作。

　　在城厢镇人大办公室，人大主席叶强告诉我，在胜利村的地块上，除了农民私宅外，还有两幢公寓房，陈旧不堪，至少建有三四十年的时间。住在里面的20户人家，从2010年开始不断上访，要求拆迁。其理由是设施落后，违建房屋太多，消防车开不进去，存在很大的安全隐患。他们从个别上访发展为群访，并成立了自治改造会，有组织地去住建局、信访局等有关部门上访。由于种种原因，一直拖到2018年，市里面正式启动对胜利村的拆迁工作，2019年对该地块的住房进行签约。20户人家盼望已久的愿望终于得以实现，纷纷踊跃签约。但对于自建房的农民住宅，签约工作就没那么简单了。

和叶强一起接受采访的镇土地管理局副局长许益峰说："胜利村一共有99户人家，除去公寓房的20户人家外，其余79户是农户住宅。这些住宅私搭乱建的现象非常严重，评估时我们只能按每平方米180元进行补偿，但他们不同意，一定要按住房补偿价一样对待。2020年城厢镇成立专门班子，抽调人员进行攻坚，对胜利村的所有违建房屋进行拆除。经过努力，大部分农户的签约工作已经完成，但仍有少数人家一直拖着不签约。"

叶强说："这次城市更新，市里面把胜利村纳入更新范围，一并解决该村拖而未决的历史遗留问题。从2021年12月9日动员大会之后，到目前为止，尚未签约的有3家，签约后未腾房的有5家，大多是想趁此机会，跟政府多要一些补偿款。但这是不可能的，这些人家早晚是要腾房走人的。"

我问："除了想多要一些补偿款外，还有没有其他原因？"

叶强点头道："有一户人家我真是想不通。这户人家住有母子两人，母亲78岁，儿子46岁。家里有200多平方米的房子，可以拿两三套房子，多好的事情，但就是不肯签约。理由是母亲从供销社退休时，没有拿到事业编制，所以一定要先解决她的编制问题，才肯签约。这牛头不对马嘴的事情，哪里通哪里呀！"

许益峰笑着说："不但要解决母亲的编制问题，还要解决儿子的事业编制待遇。"

我不解地问："这又怎么说？"

叶强摇着头，无奈地说："这个儿子很内向，也有点胆小。原先在企业和学校做过保安，学校放假后便回到家里，再也没有出去找工作。母子俩全靠母亲每月 3000 多元的退休金生活，身上穿的也是很多年以前的衣服。我们帮她儿子介绍工作，她儿子就是不愿意。镇里领导上门做工作，他们连门都不开。按理说，这次城市更新对她家而言，正是一个好机会，既可以拿房，又可以拿钱，可以彻底改变自己窘迫的生活状况。但她偏偏钻牛角尖，退休都 20 多年了，非要解决什么编制问题。你说，这是不是思想有问题啊！"

我点头道："确实有问题，还挺严重。但这样一来，可就拖了你们的后腿，影响城市更新工作的进程啊！"

叶强说："不管怎样，这户人家的工作总是要做下来的。我们不能因为这不着边际的编制问题，而影响了城市更新的大事。"

许益峰说："只是苦了我们，需要多花时间和精力，并准备好足够的耐心，去和母子俩磨嘴皮子，一直磨到成功为止。"

与胜利村相比，原城三小地块的复杂情况有过之而无不及。

该地块共有住宅 126 户，非住宅 82 户。其住户大多是基层老百姓和来太仓打工的外地人，经济条件都比较一般。由于种种原因，原城三小的评估签约工作于 2022 年 2 月 8 日正式启动，比古松弄整整推迟了两个月时间。而评估签约工作刚启动，便遇到了疫情防控，这在很大程度上影响了评估签约工作的正常开展。

在原城三小指挥部办公室，该地块负责人、城厢镇副镇长陈敏告诉我，由于起步晚，又遇上疫情防控，使得工作进展非常缓慢。其中有一家评估公司来自昆山，在防疫期间无法过来，因而拖延了两个月时间，一直到 2022 年 4 月底才正式对商铺进行评估。防疫期间，原城三小成为三个社区的核酸检测点，前后三个月，其中两个星期为静默期，所有工作全部停掉，工作人员回原地进行防疫志愿服务，所以城市更新工作一开始就进行得不是很顺畅。

• 土地储备中心移交证件

总的来说，原城三小地块的大多数人家都是拥护城市更新工作的，他们积极接受评估，并踊跃签约。如在司法局工作的部队转业干部杨银山，主动配合政府工作，在群众中起到了很好的模范带头作用。虽然他买的房子也有 20 年的时间，但装修得还是很好的。而且他家住在顶楼，有一个很大的阁楼，面积有 70 多平方米。杨银山花了不少钱，把阁楼改装出三个房间和一个卫生间，还把阁楼上的阳台封了起来，完全是一套非常舒适的住房。在这次城市更新过程中，阁楼按每平方米 5000 元进行补偿，这对杨银山来说亏了不少。但他认为自己吃点亏是小事，改变周边脏乱差的环境、提高老百姓的生活质量才是大事。

但好多有阁楼的人家就是不肯签约，他们认为住房补偿是每平方米 16000 元，而阁楼只有 5000 元，相差太大了。好多人知道杨银山在司法局工作，便主动找上门来，要求杨银山带着他们去指挥部反映情况。杨银山认为他们提出自己的想法本身没有错，但需要慢慢引导，让指挥部的工作人员作些解释也是一个很好的沟通方式。于是，他选了几位素质比较高的居民，去指挥部反映诉求。指挥部的工作人员热情接待了他们，对他们的诉求进行了认真的记录，然后对城市更新的有关补偿政策作了耐心的解释，收到了很好的效果。但仍有个别居民不依不饶，还想去指挥部上访。杨银山劝住他们，说："现在是法制社会，无理取闹是不行的。当初我们买房子时房价很便宜，如今住了 20 多年，政府还能出高价收购，我们应该知足才是。"听了杨银山的劝说，大家也就冷静下来，认识到政府倾其财力为民办好事，没有理由得寸进尺。

　　还有一户人家始终不肯配合评估和签约，户主认为底楼的车库改成了辅房，评估价按照 5000 元一平方米不合理，应该按住房一样评估。对此，杨银山多次上门找户主沟通。他说："人家都已经签约腾房走人了，你们一家人还住在这里，到时候拆迁公司把周边的房子都拆掉了，你们家就像住在垃圾场里，怎么生活？你说你犯得着吗？再说，签约有签约奖，腾房有腾房奖，政府已经做得仁至义尽了，对你来说也是一种很好的补偿，还有什么想不通的呢？"……经过三番五次的游说，户主的思想终于开始松动，答应签约。

　　采访过程中，杨银山告诉我，作为一名国家干部、共产党员，在这种关键时刻理应挺身而出。他带头签约，就能起到一个很好的示范效应。老百姓心里也明白，这事早晚得签，也就跟在他后面纷纷签约，从而加快了签约速度。

　　还有一位做生意的老板，叫陈建中，在这次城市更新过程中也起到了很好的带头作用。他认为这里的房子年份久，地下水管、地上电线都已经老化，存在很多安全隐患，所以城市更新是时代发展的要求，势在必行。住在这里的居民也盼望了好多年，现在终于看到了希望。但总有部分居民横挑鼻子竖挑眼，想着法子多捞一点。陈建中对此非常生气，便主动出面配合签约小组做这些人的思想工作。在评估时有人说："为什么古松弄 18000 元一平方米，我们只有 16000 元一平方米？"陈建中便解释说："你买房子的话，看不看地段？古松弄是城市中心、黄金地段，我们能跟古松弄比吗？再说我们这里的环境脏乱差，又是住了几十年的老房子，政府能出 16000 元已经是很高的价位了。如果你自己卖房子，能有这样的好价钱吗？"陈建中的一席话，说得对方哑口无言。

还有一次，有人聚集了20多人去指挥部闹事，其中一个年轻人喝了点酒，在指挥部发酒疯拍桌子，无理取闹。陈建中配合工作人员平息了这场闹事风波，过后他又一家一家去做解释工作，得到了居民们的信任。到了签约阶段，陈建中动员大家积极配合，并带头签约，大家也都跟着他纷纷签约。

当然也有少数比较顽固的居民，明明知道这是政府为老百姓做的一件大好事，但在利益面前总是千方百计想着能多捞一点是一点，从而做出一些不应有的举动。陈敏说："有一位居民小组组长平时对人很热心，但在涉及自身利益时，一下子表现得蛮不讲理。她认为对她家的评估不合理，补偿费太低，并当着工作人员的面把评估报告撕掉了。由于她在居民中有一定影响力，看到她撕了评估报告，大家也都跟着撕，让我们一开始就出师不利。好在这位居民小组长的女儿在机关工作，我们通过她做母亲的思想工作，最后才把这事给妥善处理好。"

陈敏拿起杯子喝了口水，笑了一笑说："还有一户人家，母亲的精神有点问题，儿子也有这方面的遗传，女儿有严重的抑郁症。对这户人家我原以为有点难，但实际上不是难，而是有点无可奈何、哭笑不得。他们一会儿同意签约，一会儿又不同意了。做工作后同意了，签约的时候又说我们在骗他们，又不同意签约了，搞得我们束手无策。后来没办法，只好通过他们信得过的人出面做工作，才把这事给搞定。"

陈敏继续说道："有一位户主，10多年前在桃园路买下一套很便宜的房子，当时说好没有房产证和土地证。户主买下来后就一直出租，这么多年来赚了不少钱。在这次城市更新过程中，因为是无证房，我们只能按重置价700元一平方进行补偿，楼上楼下一共300多平方米，结算下来25万元。户主看到与人家的评估价相差几百万元，坚决不同意，一定要按有证房那样进行评估。我们一边做他的思想工作，一边查阅有关原始资料，确认当时买房的真实情况。结果查下来楼上面积属于违建，不在补偿范围之内，算下来只能补偿12万元。户主更是暴跳如雷，坚决不肯签约，并鼓动承租户不要搬迁。这事拖到最后，桃园路所有人家都已搬迁走人，就剩下他们一家。我们只能打墙封路，承租户提着菜刀冲出来，被公安民警当场摁倒在地。过后我明确告诉户主，按理装修补偿款2万元应该给你的，但由于你不配合，我们就直接给了承租户，承租户也答应搬迁走人了。这户主看来天生是个'倔驴'，还是不肯签约。我们一方面请城管部门出面，告之违建房屋必须立即拆除；另一方面通过户主爱人单位的领导，请爱人做其思想工作。最后总算谈妥，成为桃园路上最后签约的一户人家。"

我说："要是户主一开始积极配合，同意签约，就可以拿到25万元。现在却偷鸡不成蚀把米，只能拿到12万元。聪明反被聪明误啊！"

在谈到对商铺进行签约所遇到的困难时，陈敏说："商铺的难度要大于住户，因为既涉及产权人，又涉及承租户。而我们的工作只跟产权人发生关系，把各种补偿款都交给产权人。但产权人并没有把有关补偿款转让给承租户，造成承租户与产权人之间的矛盾。承租户认为伤害到了他们的利益，一是当初装修的费用，二是租期还没有到期，这两方面的损失应该补偿给他们，否则就不腾房。对此，我们只能分别去做产权人和承租人的思想工作，在这方面花费的精力确实比较多。"

一起接受采访的年轻人葛豪说："人民路有一家公司，涉及9户承租人。产权人有点怕二房东，二房东又是个比较难缠的'顶头货'。在二房东的鼓动下，9户承租人抱团抵触。其理由是软装不在评估范围内不合理，特别是几家开饭店和开卡拉OK的，更是坚决不同意。虽然产权人已经同意签约，但承租户抱团不搬迁，产权人的有关奖励也就拿不到。我们只能协助产权人做承租户的思想工作，但二房东故意给我们设置难题，并让承租户与我们作对。二房东对产权人说，一块毛巾、一只杯子、一块肥皂，包括装修的人工费都要算在评估范围之内，都要一分不少地补给承租人。二房东一发话，产权人就吓得不吭声。我们一看这样不行，便采用各个击破的办法，分别找承租户私下谈，明确告诉他们，拆迁腾房是肯定的事情，你们必须抓紧去找房源，千万别为了无用的争辩而耽误了找房，影响了今后的生意。承租户听我们说得很有道理，便纷纷出去找房，这事也就得到了圆满解决。"

时代伟是城厢镇推优录用的12人之一，原先和刘玉、黄云扬3人在原城三小地块开展入户摸底工作，后来刘玉和黄云扬被调到古松弄地块后，就剩下时代伟一人留了下来。

在采访中，时代伟展现出了出众的办事能力和语言表达能力。在他的讲述中，我了解到他在实际工作中，同样遇到很多难以解决的复杂问题。有一幢楼有 24 户人家，其中有一家产权人已经去世。产权人多年前与前妻离婚，与后妻结婚后又生有子女。那到底有多少位继承人呢？各自的份额又是多少呢？这对年轻的时代伟来说，确实是一道复杂的数学题。时代伟对此做到事乱心不乱，他先后走访了公安部门、社保部门和行政服务中心等，追根寻源，理清头绪，明确产权人前妻名下和后妻名下子女的情况，并与律师对接，了解继承人各自应得的遗产份额。最后确定共有 6 位继承人，其中 3 人主动放弃继承权。另外 3 位继承人当中，1 位在上海，2 位在无锡。因疫情原因不能来太仓集中签约，时代伟便在网上与 3 位继承人做好所有的文本。因采用货币结算，相对比较容易，在确定总额 130 多万元的基础上，按各自的份额给 3 位继承人分割好，然后等待时机，分别给他们办理签约手续。时代伟认真负责的工作态度，让 3 位继承人感到非常满意。

陈敏说，原城三小地块有 4 个签约小组，4 位年轻人的工作都非常出色。他们想产权人所想，急产权人所急。比如 3 个月内签约是有奖励政策的，而有些产权人都在外地居住，这些年轻人便采用卡口签约的办法，穿上防护服去高速公路出口处或者 204 国道的交接处，与外地产权人在隔离网内外进行签约手续。对方把产权证和土地证通过隔离网递进来，他们先进行消毒，再把签约文本递出去让对方签字，收回来时再进行消毒，做到安全防疫、万无一失。

我说："你们真是想尽办法，不让产权人吃亏。"

时代伟笑着说："一边防疫一边签约，到卡口与产权人签约，

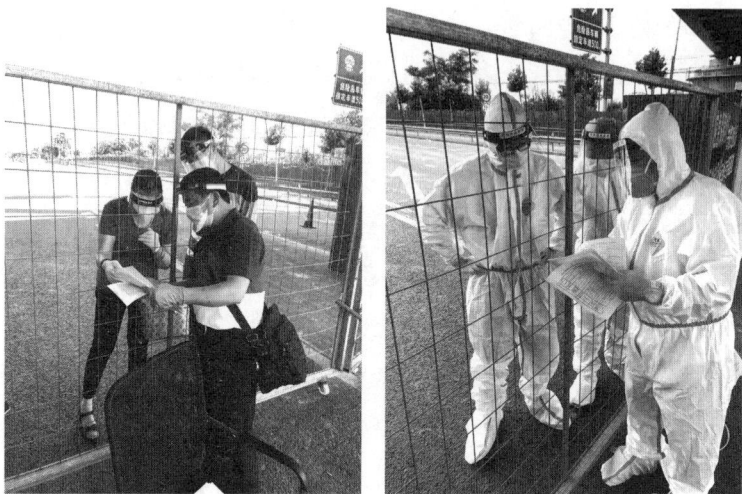

· 在隔离网前与常住外地的小区居民签约

还觉得挺有神圣感的。"

张敏说："城市更新关系到所在地块的每家每户，做老百姓工作要讲究方式方法。有少数老百姓从切身利益出发，会提出一些不合情理的要求，所以我们一定要做好预案，分析对方可能会说什么话，我们应该如何应答，这也是一种心理战。有的人知道我们拖不起，故意跟我们拖时间，我们除了耐心做工作之外，还要通过各种途径寻找突破口，打通难点关节。"

我问："到目前为止，原城三小地块的工作进展究竟如何？"

"签约工作基本告一段落，接下来将集中时间腾房搬迁。当然，还留有一点遗憾，在人民北路东侧的25号地块上，还有两户人家至今未能签约。我们多次上门做工作，都无功而返。这两户人家住楼上楼下，抱团与我们对抗。他们狮子大开口，而且口径一致，咬定目标不松口，应该说是比较难缠的'钉子户'。但没关系，终有一天我们会攻克难关，扫清障碍。"

从陈敏自信的语气中，我还是听出来有几分无奈。

一个多月后，陈敏给我发来微信——"'钉子户'终于被拔掉了"。

我听了很开心，赶紧前去打探详情：如此牢固的堡垒是如何被攻破的？

陈敏告诉我，这两户人家一户住2楼，一户住3楼。其中3楼的目前已经正式交房，2楼的已在别处租到了房子，近日准备搬迁。"这两户人家从我们正式启动算起，前后耗费整整10个月时间。这期间，签约小组的时代伟和葛豪付出了太多心血和努力。他俩每天都要轮流着上门去跟他们见次面，有时看到两家人在外面一起散步或者一起吃饭，便凑上去聊天套近乎。相关执法部门和属地社区居委会领导也多次上门做工作。除了耐心解读城市更新的有关政策外，还对他们提出的拆迁补偿不合理、评估达不到心理预期等问题做了大量的解释工作。后来发现仅从政策上解释收效甚微，而且我们找2楼谈话，3楼很快就知道。找3楼谈话，2楼也很快知道。经过多个回合的较量，发现2楼3楼早已上下一心，合为一体，且主要由3楼的户主与签约小组谈，2楼户主的母亲在背后出谋划策。为此，我们指挥部专门召开分析会，一致认为要从生活角度出发，各个击破，不能让他们串通一气，只有把幕后'军师'攻下来，其余问题才能迎刃而解。经过外围调查，了解到2楼户主是三代同堂，蜗居在70多平方米的房子里，非常拥挤。而且户主已经找了对象，急需婚房结婚。我们便有的放矢，从关心户主结婚急需婚房着手，与户主拉近距离，终于使户主从开始抗拒逐渐向工作人员敞开心扉。加上户主 80 多岁的爷爷曾经是抗美援朝的老兵，有一定的思想觉悟，表示愿意配合城市更新，做好孙子的思想工作。"之后，幕后"军师"的户主母亲也最终被攻破，并答应工作人员做好 3 楼的思想工作。3 楼户主并没有稳定工作，夫妻两人主要靠打零工、做些装修小生意维持生计。他们之所以抗拒签约，主要是考虑到只有 70 多平方米的房子，如果置换会给他们带来很大的经济压力。如果拿货币结算，他们又买不起新房。"我们同样从关心生活入手，帮助户主介绍相对稳定的工作。同时建议户主采用货币结算，并主动为户主寻找已经装修好的二手房，以减轻其因装修产生的经济压力。这一系列的热心举动终于感动到了户主，顽固封闭的心扉被彻底打开。户主同意签约，并积极寻找过渡房，争取早日腾房。"

听完陈敏的介绍，我不无感慨地说："真是功夫不负有心人哪！正如毛主席所说，世上无难事，只怕有心人。你们的努力没有白费，向你们表示祝贺啊！"

陈敏笑着说："每个阶段都有每个阶段的难点，需要我们不断去克服和解决。所以说，革命尚未成功，同志仍需努力呀！"

第十五章
蹲点日记亦精彩

　　在采访过程中,我一直牵挂着两个人,那就是太仓融媒体中心的记者张立和顾嘉乐。

　　他俩从 2021 年 12 月 9 日动员大会之后,便一直对城市更新工作进行跟踪报道。从 12 月 15 日写下第一篇蹲点日记开始,基本上每星期都要完成一篇蹲点日记。这期间无论是寒冬腊月,还是酷暑高温,他们都与签约小组的年轻人一起,起早贪黑参与其中。哪怕是在台风"梅花"过境的恶劣天气中,他们照样风里来雨里去,从未退缩过一步。

　　顾嘉乐在接受采访时说:"在 40 多度的高温天气下,正好需要我们到古松弄和原城三小两个地块去采访。虽然道路两旁树木葱郁,但由于房子被推倒了不少,走在路上没有任何地方可以避暑。对我而言,只是在行走时多流一些汗而已,但对拆房工人来说,确实是热得够呛。他们在搬家具和拆门窗时都是打着赤膊,汗如雨下,身上被晒得黝黑。古松弄那里还保留了一栋老房子，作为工人的宿舍。老房子离那棵古松树不远，他们休息的时候就在古松树下面乘凉，还互相拿水浇在身上降温。盛夏时分，古松弄指挥部还在为几所私宅怎么签约而烦恼。记得当时我在签约4组的办公室里，一边吃冰西瓜一边聊天。说起私宅多少年来几次签约失败的原因和难点，有人说如果这几栋私宅能在王超手里签掉，她就创造了历史。几个月后，王超终于推动了私宅成功签约。虽然这里面包含了很多因素，但我真的很为王超高兴。"

第一篇蹲点日记是张立写的，因为当时对城市更新的具体情况不是很了解，所以心里没底。他选了古松弄房型展示室作为主要采访内容，没想到反响很大。前来看房型的居民非常多，他们一边观看一边热烈讨论，看得出大家对新房子都十分期盼。第一次采访成功，张立心里特别开心。

张立说，有一位汪阿姨给他的印象特别深。她是胜利村的居民，搬迁之后几乎每天都要回胜利村拍一些小视频，然后自己剪辑制作，每隔三四天发一次小红书或者抖音。后来我采访过她几次，可惜有段时间胜利村的签约工作遇阻，汪阿姨就没有继续拍下去。

说到门面房的签约，张立感慨道："一开始不是很顺利，好多业主都有抵触情绪。主要原因是回迁后的门面房面积大，如果置换需要贴一大笔钱，有的高达八九十万元，负担太重，而实际上他们又不需要这么大的面积。针对这一情况，指挥部及时调整了方案，将门面房分割，很快解决了问题，大家也就都签约了。"

　　顾嘉乐说："蹲点日记栏目开设后，我的第一次采访是跟着签约 4 组去居民家里评估，那天下午去了许多户人家。第一户是一位年轻的小伙子，他很直爽，评估还没结束，就问什么时候可以签约。第二户是一位阿姨，外表看上去时尚犀利，其实非常和善可亲。她只是问了一些评估内容，就开始跟我们说之后准备怎么搬家。那时候的我对城市更新只是了解个大概，也没有直接接触过产权人，他们真诚爽快的态度给我留下很深刻的印象。随着采访工作的深入，我发现古松弄的房屋产权人由于居住相对集中，彼此关系都很融洽，他们经常相约结伴来指挥部走走。他们的生活经历各不相同，所以各家有各家的特殊情况。其中有为了母亲辗转回国的法国大使夫人；有因为疫情不能回来见老屋最后一面，只能通过母亲的视频电话再看几眼的上海导演；有大年初一独自一人在车库前择菜的老人；有在此经营了十几年的商户老板；更多的是坐在楼道口聊天的居民。每次对话，我都会短暂地介入他们的生活，在他们的回忆中，或者在他们的老房子中，想象他们以前在这里生活的情景。"

　　作为一名旁观者或者记录者，城市更新对张立和顾嘉乐来说，是每周都要挖掘一次的选题。评估、签约、腾房、拆房，短短几个字，后面是工作人员不舍昼夜的努力。其间总会遇到一些新的问题，在指挥部里总有开不完的复盘会。这些内容，丰富了很多期两位蹲点记者的蹲点日记。但到了后面，居民的故事、商户的故事、工作人员的故事都讲完了，只剩下一些流程式的内容。选题同质化越来越严重，故事越来越难以挖掘，能写的地方越来越少，让他们觉得蹲点日记应该告一段落了。

顾嘉乐说："这一年来，我看着古松弄从一个老旧但充满烟火气的地方，变成了现在的一片空地。古松弄最后一栋楼被拆之后，我去了一趟。在我印象中，古松弄的居民楼是一栋紧挨着一栋，以前我们都是从小巷里七拐八绕才能走出来，拆迁完才发现竟然只是一个小小的地块。本以为我对古松弄没有什么深刻的印象，如今站在古松弄的空地上，我竟然能想起这里曾经是哪栋居民楼，大概住着哪几户人家，这里是什么商铺，周边又有什么植物，我自己都感到有点意外。但愿在回迁的那一天，我能够在现场，亲眼看到古松弄的蜕变，看到住进新楼房的居民们喜悦的笑脸。"

应该说，张立和顾嘉乐的蹲点日记，弥补了我心中最大的遗憾。因为我从 2022 年 8 月初开始介入，已经离城市更新动员大会相隔 8 个月之久。在这 8 个月里，古松弄地块发生了翻天覆地的变化。当我正式开始采访时，这里早已人去楼空。除了尚有几幢旧房矗立在县府街路南之外，其余均夷为平地。我只能通过采访有关人员，采用回忆的形式，记录这 8 个月来所发生的鲜活故事。然而这只是冰山一角、局部呈现而已。幸亏有了蹲点日记，幸亏有了张立和顾嘉乐，他们的辛苦付出，填补了这个重要时段的空白。蹲点日记全方位、多视角地反映了古松弄及原城三小、胜利村三个地块从动员大会之后所发生的动人故事。

把蹲点日记呈现出来，我想，这不仅是我个人的愿望，也是每一位关心太仓城市更新的读者的愿望。

2021 年 12 月 15 日　　　　星期三　　　　多云

今天是太仓启动城市更新的第 7 天，在城市更新城厢镇指挥部一楼的一间展示室内，我看到了 5 种房型的模型，也感受到老小区居民对改善居住环境的渴求——小小的展示室内，每天都有很多居民前来参观、了解情况。在我驻足的半个小时里，展示室迎来了至少 6 批来访和参观的居民。

居民们有的是全家一起来的，有的是一人独自来的，还有的是邻居相约一起来的，有不少居民已经来了不止一次。他们看小区规划图，细细对比房型，怀着对未来新家的憧憬，一起讨论小区规划和每套户型的特点，甚至开始讨论以后的装修。

刘师傅夫妇反复观看、对比 95 平方米和 115 平方米两套模型。按照安置政策，他家可以以基准价拿到 94 平方米多一点的房子，因此可以选 95 平方米的房型，只要按优惠价购买大约 1 平方米；在房源充足的情况下，还可以按优惠价买 5 平方米，再按市场价买 10 多平方米，就可以选一套 115 平方米的房型了。

"95 平方米的也很好了。"刘师傅说，这套房型最让人满意的是有一间朝南的大房间，客厅很大，也朝南，不足的是房间只有两个；如果能换成 115 平方米的就更好了，不仅两个大房间都朝南，整个房子布局也更好。"如果有机会，房源够，我们就多花些钱选大的，选不到大的，小的也满足了。和原来的相比，不管是房子本身还是小区环境、配套，都好得太多了！"

江老先生说一口苏州话，他出生在太仓，并在太仓上了小学，后来搬到苏州生活，古松弄的房子是父母留下的。他说，这次他特地回来看房型，本来在货币补偿和拿房中间犹豫，看了小区规划和房型后,有些趋向于拿房。一方面是寄托对父母的思念,另一方面是觉得小区和房子都很不错,将来每年回来住一段时间,和亲戚朋友聚聚很方便。

一个小小的展示室,让我感受到了城市更新的热度,还有党和政府对民生关怀的温度。相信在不久的将来,这些老小区居民对幸福生活的向往,都将在我们城市更新的进程中变成现实。

2021 年 12 月 22 日   星期三   雾

上周一,古松弄地块的城市更新项目进入房屋评估环节。这个礼拜,我跟着签约组的工作人员王超、赵寅及两名评估师一起入户评估,体验他们的工作日常。

66 岁的姜阿姨是下午评估的第二家,她在古松弄 8 幢的家干净明亮,就和她给我们的感觉一样,让人觉得心里敞亮。姜阿姨一看到我们就热情地招呼我们坐下,非要在我们的口袋中塞满小零食。王超和赵寅为她解释城市更新的一些政策,姜阿姨高兴地跟我们分享她在老年大学的见闻,还和赵寅交流乒乓球技巧。我想,城市更新作为一个宏观政策,下沉到生活的肌理,一个侧面就是工作人员与当地居民在点点滴滴沟通中形成的情感联结,工作人员在推动工作的同时也为他们带去了陪伴。

由于评估工作已经渐渐进入收尾阶段,待评估的房屋分散在不同楼里。我们除了评估,就是在找评估房屋的路上,大部分时间都是站着的。在评估间隙,大家蹲在楼梯拐角处休息。王超告诉我:"有时候我们不好意思坐在居民家里,就自己找个地方稍微休息一会儿。在过去的几天,评估小组基本处于连轴转的状态。其他组出现什么状况我们就顶上，大家在工作中这样互帮互助，项目会推进得更快一点。"

古松弄地块共有 10 个评估小组，每个小组由 1 名工作人员与 2 名评估师组成。工作人员负责联系房屋产权人、安排上门时间和政策解读，评估师则需要对房产证上的产权面积进行登记，对室内装修进行测量统计。每天 10 个小组同时开工，不断优化工作模式，过去 9 天时间内完成了古松弄地块 90.3% 的评估工作（包含住宅与非住宅）。王超告诉我，评估工作推进得这么快，离不开评估公司的全力配合。有些产权人在外地或是工作比较繁忙，就把入户评估约到周末或晚上，评估师也是随叫随到。如果对评估结果有疑问，评估师会重新入户测量。

除了速度，城市更新也展现出了民生温度。按照政策，除了过渡费，对于腾房的住宅还会补助搬迁费，对于积极签约的产权人还有相应奖励。姜阿姨听到之后很惊喜，她说："那太好了，我直接找搬家公司帮我搬下，我可以住到孩子家，3 年之后再搬回来，新小区是电梯房，比我每天走楼梯方便多了。"作为年轻人，陈先生也以行动积极响应城市更新，他爽快地在评估表上签了字。他表示，产权调换后，新房子面积更大、户型更好，每户还能以优惠价格购买一个车位。小区后面就是学区，以前老小区的疑难问题得到了解决，以后带着孩子住在这里就更舒心了。

入户评估作为古松弄城市更新项目的一环，让我由此看到生活中不同的侧面和不同的人，真切体会到大时代、大社会、大政策与每个个体的联系，也看到了老小区居民在时代机遇下对美好生活的向往与乐观的人生态度。

2021 年 12 月 29 日　　　　星期三　　　晴

本周，胜利村腾房进入加速阶段，村中拆吊顶、砸墙的声音此起彼伏。大多数房子都已经人去楼空，门窗也都已被拆去，有的村民正在清理老宅，一边看看有没有遗漏的东西，一边回忆生活在这里的点滴时光。在蹲点过程中，我发现村民们既难舍老宅，又更期待新家。

孙阿公老两口原来住在胜利村 8 幢，现在租房住在附近。老两口开始搬家已经有大半个月了，休息日女儿和女婿也会来帮忙，现在房子里剩下的东西很少，大多数是些杂物。孙阿公今年 81 岁了，他说今天主要是看看有没有想要的东西忘记搬了，再把纸板、废铝、废铁之类收拾了卖掉，然后就去交钥匙。正说着，四五张照片从他刚拿起的一个笔记本里掉了下来，孙阿公捡起来看了看，有些兴奋，"以前想找，却怎么都找不到，忽然就自己出来了！"

原来，这是孙阿公高中毕业 46 周年时同学聚会的照片，他把照片收好，放进口袋，继续收拾别的东西。

孙阿公家的院子不大，一间塑料暖房占了院子大约三分之一的面积，里面只剩下一点旧花盆。孙阿婆说，老头没别的爱好，就喜欢种点花花草草，现在全搬到租的房子里了。

这座三上四下的老楼房是老两口在 1986 年盖的，之前就他们两人住。孙阿婆说，虽然房子很旧，而且这两年房顶漏雨越来越严重，一到大雨天就发愁，甚至很是担心。但毕竟住了这么多年，忽然要搬，多少有些舍不得。全家人商量后决定贴点钱，拿两小一大共 3 套新房，现在最盼望的就是新房早点盖好，能早点住进去。

在所有接触过的胜利村居民中，汪阿姨给我的印象最深。她已经从 5-2 幢的一套公寓房中搬出来，住到了女儿家里，但每天都会回胜利村来看看，并拍摄一些视频，然后自己剪辑制作，每隔三四天发一次小红书或者抖音。她的小红书和抖音账号都是为此特地注册的，从本月 14 日开始，她已经在抖音发了 3 部作品，在小红书发了 4 部。因为每天都来拍，工作人员和她也很熟了，碰见她时都会打招呼："又来拍啦？"

汪阿姨还特地带着我看了看她家已拆去门窗的老房子。老房子是 1996 年建的，她在 2005 年买的二手房，虽然房龄不长，问题却不少，包括墙裂、渗水、发霉等。她和邻居们早就盼着地块更新了，这次终于如愿以偿。城市更新确实是政府造福城中村居民的实事、好事。

汪阿姨表示，会坚持每天都来拍，拍村子的变化，拍老房子拆除，拍新房子建设，还会拍自家拿房后的装修过程，既"留"下老房子，又记录新房分房、装修、入住的全过程，"一定很有意义。"汪阿姨说。

2022 年 1 月 5 日　　　　星期三　　　　雨

从早上开始，雨淅淅沥沥没有停过，寒风吹得人有点瑟缩。4 日下午，古松弄地块的评估报告陆续出来了，城市更新城厢镇指挥部的工作人员挨个打电话通知居民过来领取。本想着下雨天来的人会少一些，我对于今天的蹲点还有些担心。没想到，这雨丝毫没有阻挡居民们期待的步伐。一个上午，指挥部工作组来了一拨又一拨的居民。

李阿姨是我今天碰到的第一个来取报告的居民。她的房子由7组负责评估签约。7组发放报告的工作人员向李阿姨详细讲解了报告的内容：产权面积所对应的房屋总价，车库、阁楼、每一项室内装修等都有对应的评估价格。工作人员提醒她，报告拿回家后对照着检查每一项评估，如果有异议，自报告签收之日起15日内可以申请复评。李阿姨爽快地在签收单上签了字，并表示自己要拿回家和儿子一起核对。看到李阿姨只带了一个小挎包，而且是撑伞步行前来的，工作人员张唯琰帮阿姨把评估报告装在了文件袋里，叮嘱她路上注意安全。

10组工作人员杨洋告诉我，他们拿到评估报告后通常会自己先核算一遍，做到心中有底。他说："因为每户人家情况不一样，居民们普遍关心怎样拿房最划算、符合自己的需求，有时候我们会根据他们的实际情况提出一些建议。我们不停地为居民们查看评估报告、解读政策，也是希望他们在拿到评估报告时心里更踏实，有一个消化和核对的过程，对于下一步的打算考虑得更清楚。"

城市更新进行到这个阶段，凝结几代人生活记忆的老房子在评估报告上已经有了量化的衡量。补偿数字上的出入，是居民们在意的地方。有的人会提出质疑，面对这种情况，工作人员会当即细细查看评估报告，作出相应解释。对于一些需要现场查看或核实的情况，工作人员会一一记录下来，附在签收表后，在当天工作例会上统一上报讨论，得到答复后再告知相关居民，绝不会让"反映情况"这四个字没有下文。在"晓之以理"的同时，杨洋说还需要"动之以情"。在这个上午，我深刻感受到"沟通"在城市更新工作中的重要性。杨洋告诉我，居民们有各自的难处和考量，这是我们需要换位思考的；但城市更新的"红线"和"底线"是不可逾越的，面对他们的疑问，我们会拿出相应的标准和政策去解释，帮他们做好记录和反映的工作。这是相互理解的过程。

将近中午，处于忙碌状态的指挥部总算平静了些，工作人员们趁着这个空当对上午出现的一些问题进行复盘。大家心里都清楚，随着更多评估报告的发放，他们需要更多地发现问题、解决问题、总结经验，一步一个脚印地将项目继续往前推进。

这个小小的指挥部，是城市更新工作的一个缩影，是过往与当下的沉积与堆叠，也是奔向未来的前哨与先锋。古松弄居民的美好生活，正在这里孕育。

2022 年 1 月 12 日　　　　星期三　　　　多云

每次来到城市更新指挥部，感受到的气氛都是忙忙碌碌的，工作人员忙着整理资料，忙着接待居民，或者忙着讨论一些问题。但今天，指挥部里的氛围不同以往，从指挥部大楼到院子，再到前来签约的居民们的脸上，都洋溢着喜气。今天是古松弄地块城市更新项目签约启动的日子，共有 121 户居民高高兴兴地签了约。

早上，当我走近指挥部大门口的时候，浓浓的喜气就扑面而来。大门两侧新竖了6杆旗帜，上面写着"城市更新让生活更幸福""古松弄地块城市更新项目启动签约"等，旗帜在阳光的映照下显得特别鲜亮。

我走进大楼，发现喜气原来是从签约现场溢出的。为了让签约进行得更顺利，减少居民等待时间，指挥部在一楼共设了10个签约室，每个签约室安排了指挥部、社区和第三方评估公司工作人员共3人。

在第7签约室内，工作人员老吕的桌上放着评估表、结算表、附属物漏评表等一大堆材料。黄老先生夫妇坐在他对面，仔细看着这些材料，不时地指着表格上的内容提出一些疑问，老吕一一回复。老两口问完所有问题，既开心又郑重地在协议上签了字。

今天，顾先生不仅签了约，连房产证都一起带来了，老吕旁边的工作人员小张接待了他。小张一边往电脑中输入顾先生的房产资料，一边让他在一些资料上签名。小张说，他要顾先生签的是几份授权书，签了授权书，指挥部就可以代他注销房产证，顾先生可以更快腾房。

在签约室，居民们的每个疑问都能得到耐心解答。签约后，工作人员还会为他们送上一条大红围巾，寓意着喜上加喜。

为了让大家记住这个有意义的时刻，指挥部还在院子里设置了留影墙。居民们签完约，戴上大红围巾，以曾经熟悉的家为背景留个影。

今天的喜气更是从居民们的内心发出的。刚签完约的浦老先生夫妇告诉我，他们盼城市更新盼了10多年，这次总算如愿了。他们的老房子面积有 50 多平方米，按照政策这次可以贴钱拿 70 多平方米的，尽管还想多贴些钱拿更大的房子，但"政策有规定，我们当然要服从"。

"签约很顺利，心情很激动！"在古松弄住了 40 多年的董师傅说。签约意味着离住进新房又近了一步，以后再也不用担心台风天、大雨天，也不用担心下水道堵、房屋漏了。"去年台风来的时候，涝得厉害，我两三天没下楼。"

"很激动，盼了 10 多年！"居民黄先生说。城市更新是政府实施的一件大实事，是居民的大喜事，以后再也不用为老房子、老小区的各种问题烦恼了，现在最期盼的就是这项工作开展得顺顺利利，大家能早日回迁、住上新房。

2022 年 1 月 29 日　　　　星期三　　　　晴

每次去古松弄，我的心情都很愉悦。下午天气很好，老人们三三两两坐在楼下晒太阳，裁缝店里的裁缝师傅听着电视声、踩着缝纫机，烤鸭店老板把炉里的鸭子取出来，准备搬迁的居民正和收废品的师傅把家具搬上车。在这里，时间过得缓慢而认真，我看到不同的人正有温度地生活着，也深刻感受到了浓浓的烟火气。

网络改变了我们的生活方式，人与网友、网购、外卖的联系很近，与邻居、菜场、社区公共活动之间的关系很远。其实，生活中到处存在着人与他人、人与社区之间的关系，因为生活本身是充满烟火气和幸福感的，只是我们的节奏太快。只要我们停下来看看，会发现烟火气就在生活的细微之处。

上个星期三开始，古松弄地块城市更新项目正式进入签约阶段，率先签约腾房的居民，交了钥匙就能静等部分补偿款到账。18日，我在城市更新城厢镇指挥部碰到了徐女士，在与她的交谈中，我能感受到，她是一个认真且热爱生活的人。

2003年，徐女士买下了向阳新村8幢的一套房子作为自己的单身小窝。回想起买房那天，她仍显得很开心："一进去，房子南北通透，干净明亮，我一眼就相中了，别的房子我都没看，当下就决定要买它。"在随后的10年里，古松弄的市井生活加深了她对这个地方的感情，"老小区没有物业，我就自己扫楼道，从顶楼扫到底楼。邻居都是老人，他们对我都很热络"。她给我看她与这套老房子相关的照片，她做的每一餐饭、养的花花草草、窗外的槐树。"以前还被这棵树上的大马蜂窝吓坏了，当时我报了警。不过这棵树现在好像不在了。"由于经常在老街的店铺买菜、吃早饭，这些店铺的老板她都很熟悉。"前几天回来，菜场门口卖蔬菜的阿姨还记得我的名字，我特别惊喜。"古松弄，承载了她太多太多的回忆。

不过，老小区的种种问题也随着时间的流逝逐渐显现。顶楼漏水、楼道老化、居住环境变差，徐女士在2014年搬离了古松弄，将这里的房子租了出去。近两年，房屋居住条件每况愈下，连租客也搬走了。由于城市更新项目启动，最近她又回到了这里。签约之后就是腾房，她将尚好的家具和装饰送给了朋友，把用不到的物品全都卖了。交了钥匙，城市更新指挥部的工作人员在她家门口贴上了封条。我问她，老房子被拆掉，会不会感到不舍，没想到她很是乐观："当然不会，以后我还要回来呢，很期待以后的新房。这里的美好记忆一直都在，我更觉得未来可期。"

我想，城市更新的意义，在某些程度上也为这里的居民保留了"乡愁"和烟火气，熟悉的地块和熟悉的人，再加上更优化的居住环境，给了回迁居民更多的归属感与幸福感。让"关系"重回生活，烟火气和社群生活从未远离我们。

2022 年 2 月 2 日　　　　　星期三　　　　阴有小雨

淅淅沥沥下了一上午的雨，我来到城市更新指挥部，本以为阴雨天来这里的居民会减少，工作人员也会相对轻松一些。但绵绵细雨中，仍不断有市民来到指挥部，工作人员的节奏也没有放缓，他们照常忙着接待居民或者整理资料。

签约 7 组的工作人员张健正在整理一套电子文档，包含协议、授权书、告知书等。他说，这套资料很快会通过网络发给正在美国的两位产权人，产权人会下载打印、签字并且快递回来。为了这户境外家庭的顺利签约，他已经忙了大半个月，由于时差关系，很多工作他都是在晚上加班做的。

张健打开一个微信群，里面共有 4 名成员，除了张健外，其中两人是这对在美国的兄妹，另外一人是他们在太仓的授权人。我看到在他们的交流中，基本是兄妹俩咨询问题，张健一面回答一面上传一些表格、文件，并告诉他们填写方法。

几乎每个签约组中，都有生活在境外的产权人与他们签约，顺利与否，直接关系到城市更新工作的进程。

指挥部负责人告诉我，对于这样的产权人，指挥部明确要求简化程序、工作细致。简化程序就是站在对方的角度考虑，不要求他们回来办手续，也不要求他们在授权委托时办理公证，只要求他们规范签署文件，签署的过程全程录像。细致就是要求工作人员事先把所有的文件都准备好，发给对方，把政策解释清楚，做到有问必答，并对签约的每个环节交代清楚，"一句话，就是用细致的工作减少产权人的麻烦，换取签约的顺利。"

这样的做法成效很不错，张健很快完成了与这户境外产权人的签约。而隔壁的8组，昨天就和正身在英国的产权人签了约，6组也与一户境外产权人敲定了签约时间。

昨天，我看到指挥部大楼门口架起了易拉宝，上面写着"城市更新、幸福留影"。原来，指挥部还为签约家庭提供免费拍摄的服务。工作人员告诉我，城市更新之后，大家的生活环境会好很多，但要告别居住了几十年的房子，多少会有些留恋。正是考虑到这一点，指挥部策划了这项活动，签约家庭可以预约，在熟悉的家门口拍上一张全家福，"留个纪念，很有意义，受到了大家的普遍欢迎"。

与这件暖心事相类似，指挥部还以更新前的古松弄为题材制作了一本台历，赠送给居民。台历所选图片有的是地块航拍图，有的是局部的街景图、小区场景，也有建筑细节图，给我的感觉是虽然画面谈不上美，有的甚至有点凌乱，但很熟悉、很温馨。台历的封面上写着"古松弄静待蝶变""携手同行、让我们一起见证"。我想，这应该是古松弄居民和指挥部工作人员，甚至是很多关注太仓发展的市民的共同心声。

2022 年 2 月 9 日　　　　星期三　　　　阴有小雨

春节假期刚过，天气仍是阴沉。在城厢司法所老娘舅调解室里，气氛却十分热烈，不是很大的办公室迎来了一波又一波更新地块的居民。他们仔细地与律师核对材料，"老娘舅"老张奔走于各组家庭当中，对居民的疑问一一作出解答，一刻不停歇。

目前，城市更新项目古松弄、原城三小地块都进入了签约阶段，其间出现了不少产权人过世甚至需要代位继承的情况。因为涉及利益分割，比较棘手，城市更新工作组人员积极对接"老娘舅"，让他们通过调解来梳理、化解家庭内部矛盾。古松弄地块签约 2 组工作人员王超告诉我，面对这些问题，大部分居民不知道如何处理，但又有签约意向，而且居民在签约期内尽早签约还有相应奖励，"老娘舅"的介入可以帮助他们尽快化解矛盾。

"今天就有十几户更新地块的家庭来要求调解，情况简单的半天就能结束，也有家庭成员间互不相让的，我调解了 6 次都没有结果，但也只能继续调解，做好我的工作。我们'老娘舅'现在把城市更新的调解工作放在首位，全力推进。"老张充满热情地说。

其实，面对产权人过世等棘手情况，还可以通过公证、诉讼等途径来决定未来产权的归属，但居民们普遍选择了"老娘舅"。原城三小地块居民陈彪认为，"老娘舅"非常具有亲和力，和他们交谈没有什么心理负担。工作室里面除了调解员，还有专业的律师，在这里签署的人民调解协议书同样具有法律效力，这让他们很放心。现在公证、打官司，都是费时、费力、费钱的事情，而在"老娘舅"这里，几天就能把问题解决了。

"你不要看大家在这里花半天就签完了协议，此前我们做了大量细致翔实的工作，只要其中任何一个环节情况不属实，都可能涉及继承顺序调整问题。""老娘舅"成员郝姐告诉我，一份协议的背后，凝聚着各环节工作人员的努力。城市更新签约工作组前期会对调解家庭做好背调工作，"老娘舅"接手后会告知居民需要准备的相关材料，待材料齐全并审核无误后，所涉及的家庭成员都会到场，集中在司法所"老娘舅"调解室内进行调解和签署协议书，全程录音录像，并由对应的城市更新工作组人员陪同。"我们希望签完协议之后，不留下任何后遗症，做好堵漏防漏工作，确保城市更新项目顺利推进。"郝姐说。

就在我蹲点的1个小时中，"老娘舅"老张和郝姐与我的对话一直被打断。一份又一份材料被送过来，一个又一个咨询调解的电话打进来，他们都耐心细致地一一回应。老张是一个精神矍铄的老头儿，声音洪亮，思路清晰。在他身上，我看到了"老娘舅"乃至整个城市更新工作组共有的一种精气神——不遗余力地把城市更新项目如期推进的决心。

2022年2月16日　　　　星期三　　　　多云

城市更新城厢镇指挥部底楼有10个签约工作组的办公室，我在底楼最北侧发现了一个中介服务组的小办公室。指挥部负责人介绍，居民们能否顺利腾房，既会影响签约，也会影响后续的房屋拆除，关系到城市更新工作的整体进程，这个中介服务组就是指挥部为精准对接部分居民的过渡需求设立的。事实证明效果很不错，实现了居民方便、中介高兴和工作推进的"三赢"目标。

走进中介服务组，可以看到墙上贴满了或租或售的房源信息，总数在百套以上，分属不同的房产中介，每一批房源的下方都有中介服务人员的联系电话或微信二维码。

我进一步了解后发现，这些出租的房源基本都在三个城市更新地块的附近，其中有向阳小区娄东新村、太平新村、桃园新村、东港小区、兴业楼等老小区，大多是两房一卫，也有三房一卫的，月租金基本在1500元到2000元之间；也有南洋丽都、中南世纪城、弇州府、新天地等比较新的小区，月租金在2500元到3500元之间。而出售的房源不局限于城市更新地块附近，既有老城区的房源，也有科教新城、娄江新城的房源，总价从100多万元到300多万元不等。

指挥部工作人员王杰介绍说，在城市更新工作启动前的走访摸排中，了解到一些居民存在无房可搬的顾虑。于是指挥部成立之初就设立了这样一个中介服务组，并动员了4家信誉较好的中介参与进来。同时，考虑到居民们现在搬迁和将来回迁的方便，动员中介多组织附近的出租房源。针对有些居民选择了货币安置的方式，又请中介提供了一些性价比较高的出售房源，尽可能满足居民的多元需求。

中介尹经理告诉我，工作还是挺顺利的，尽管时间不长，但已经有业务谈妥，还有些正在联系洽谈中。从他手上租房的有一对老夫妻，才看了两三套房就定了。还有几户居民想买房，谈得很顺利，他们想等腾房结束，货币安置的钱到账以后再来详谈。另一位中介告诉我，有租房过渡需求的大多是老人，从已经谈成的业务看，除了价格要求实惠点，老人们还有一些其他的需求，比如要有电梯、楼层低一点等，他们也会多组织这样的房源。

城市更新是一项提升人民群众幸福感、满意度的民生实事、民心工程。市委、市政府在启动大会上就明确提出要"分层分类了解群众意愿、精准精细对接群众需求"。创新设立这个中介服务组，既落实了市委、市政府的要求，也很好地推进了城市更新工作。我想，在今后的城市更新工作中，一定会出现更多这样的贴心便民举措，也只有这样，才能真正做到好事办好、实事办实。

2022 年 2 月 23 日　　　　星期三　　　　晴

今天，太仓开展第二轮区域核酸检测，天气也久违地放晴，核酸采样点上增添了一丝暖意。在城市更新项目古松弄地块，核酸采样和城市更新工作正在双线并进。

"7 栋、8 栋的好邻居们，到我们做核酸的时间啦，大家做了之后在群里接龙哦。"72 岁的王蕴倩阿姨正在"7 栋 8 栋太仓好邻居群"里提醒大家做核酸。作为一名楼道长，王阿姨的工作包括前期摸排返太人员、通知做核酸、统计上门采样人数等等。她做起工作来细致又周到："我先在群里发通知，然后一个个打电话，问他们在单位做还是在社区做，到了晚上我还要问他们核酸做好了没有。虽然古松弄的大多数居民都搬走了，但还有部分老人留在这里，我必须把工作做得细一点，一个都不落下。"

王阿姨从企业退休之后，就热心参与到县府社区的各项事务中。此次古松弄地块更新改造,王阿姨也是指挥部工作人员之一,负责社区内的群众协调和签约引导工作。为了做好群众工作,确保评估、签约工作顺利开展,王阿姨同社区人员一起做了大量工作,包括组织楼栋居民开会、逐一上门了解意愿、解读政策、带头签约、联合社区为居民搬家等等。王阿姨一直在为城市更新工作奔忙,"说实话,做了这些事以后,我更加理解城市更新工作的不易,老小区人员分散、老人多,还没有物业。以前通知开会的时候,我要掐着点儿一户一户跑,把他们聚集起来。不过城市更新完成以后,人员集中,年轻人都回来了,管理更加到位,这些问题就迎刃而解了"。

这些天,核酸检测成为生活与工作的一部分,和往常热闹繁忙的氛围不同,今天的指挥部有点冷清。和王阿姨一样,城市更新城厢镇指挥部的大部分工作人员加入了防疫工作当中。为了保证签约工作照常进行,每个签约组都留有一名值班人员,确保签约居民不跑空。我还注意到,每个工作组的墙上都贴着一张全新的户型图。工作人员告诉我,因为前期居民普遍反映95平方米的户型不好,他们及时进行了调整,"大家有所呼,一定会有所应"。

不管是疫情防控,还是城市更新,从部署安排到落实到每一户人家,一线工作者如同一根针,串联起各项工作的方方面面,将一切微小的努力汇聚成庞大的合力。王阿姨回想起一开始宣传城市更新的时候,经过几次的讨论会,居民们开始主动向她咨询相关政策。居民们态度的转变,让王阿姨感到很欣慰。她告诉我:"早点搬迁,早日回迁,我们还要在新房子里享受晚年的幸福生活，这是我们老年人最普遍的心声。"

春来到，一切都会好起来。

2022 年 3 月 2 日　　　　星期三　　　　多云

再次走进古松弄，我发现这里似乎比以往更热闹一些。这热闹既是搬家公司带来的，也是骑三轮车的废品收购人员带来的，更是进进出出忙着整理东西、准备搬家的居民们带来的。我从城市更新城厢镇指挥部得到信息，截至 3 月 1 日，古松弄居民的腾房率已经达到 47.6%，接近一半了。

古松弄 6 号是一幢 4 层楼房，今年 83 岁的一楼住户陆老和老伴正在整理杂物，家里堆着各种打好的包裹、装满东西的编织袋。陆老告诉我，这幢楼里的大多数居民已经腾房搬走了，他家早就签了协议，但租房多花了一些时间，现在租好房子就开始整理东西了，还能用的放一边，慢慢搬到租好的房子里，不需要的就整理出来扔了，还有些收拾收拾卖了。

陆老家对门的住户已经搬走，门上还贴了指挥部的封条。顺着楼梯上楼，我发现这个单元 2 楼到 4 楼的住户都已经腾房，门上都有指挥部贴上的封条。

陆老说，虽然指挥部的人让他慢慢整理，不用急着搬，但他还是想着早点腾出房，更希望能早点住上新房子。他家现在的房子有 80 多平方米，想置换一套小一些的新房，按照置换政策自己不用贴钱，但儿子希望他们住得更好些，打算贴钱拿更大的："我们当然听儿子的！"

在古松弄 8 号楼前，收废品的钱师傅正在等生意。他的三轮车上放着不少纸板，上面还有一台旧电扇。他告诉我，这一带腾房的越来越多，收废品的生意还可以，老年人大多节俭，旧纸箱、旧报纸、旧家具，不能用的家电，甚至旧接线板都拿来卖，实在不能卖的才会扔了。早上到现在，他已经拖了3车："看样子生意还能再做一阵呢！"

我走进8号楼1单元，发现这个单元的8套房子已经有7家门上贴了封条。透过底楼住户的窗户，我看到这套房子里只剩下一点旧家具，厨房里有些破碎的盘子。

古松弄地块上很多院子的角落里，都有指挥部设置的杂物堆放点，上面堆放了居民们弃置的各种杂物，包括旧生活用品、旧衣被、旧家具等。在别的地方，这种杂物堆会让小区显得很乱，在这里却有着另一番意味——这标志着主人即将开始新的生活，也象征着城市更新工作有了新进展。

城市更新城厢镇指挥部工作人员告诉我，古松弄地块上，普通住宅类总共有538户，到3月1日为止已签约了383户，签约率为71.2%；已经腾房256户，腾房率为47.6%，接近50%。这个地块的签约在1月12日启动，至今只有50余天，中间还有春节假期。能有这样的进展，既是工作人员努力的结果，也能看出居民们对城市更新的支持与企盼。

2022年3月9日　　　　　星期三　　　　　晴

走进城市更新城厢镇指挥部签约5组办公室，只见墙上挂着一面鲜红的锦旗，上面写着"宣讲政策感人，工作优秀高效"。这是府南新村3幢居民金志豪送给工作人员刘玉的，他说："小刘讲话特别真诚，把城市更新的政策给我讲得清清楚楚，让我做出了正确的决定。"

所谓"正确的决定"，首先体现在态度的转变上。前期，因为对城市更新政策不太了解，金老伯对这件事较为抵触，今年90岁的他不想太过折腾。"其实，我能感受到他是很想换个生活环境的，只是自己还没想明白应该如何选择。"刘玉说。随着项目的推进，金老伯经常向刘玉咨询相关政策，比如："产权置换我能拿多大的房子？""货币置换我能拿到多少钱？""如果我尽快签约，能享受哪些优惠政策？"……"刘玉都向我解释了，帮我把每一笔账都算得清清楚楚。我觉得很贴心，也很感动。"最后，金老伯和子女们选择了货币置换，准备用这笔钱买一套二手房，换个舒适的环境安心养老。随后，刘玉又帮助他们寻找房源，帮忙搬家。刘玉告诉我，在年轻人看来，搬家可能不是什么大事，但对老年人来说，要考虑的问题有很多，工作人员应换位思考，主动帮他们解决这些难处。

在看了不下10套房之后，金老伯选择了距离古松弄不远的百隆广场的一套。他向我打趣道："不管哪一套，新房都比老房好。"这套房子宽敞明亮，设施齐全。对于一大早就能晒到太阳这件事，金老伯非常满意。他向我们热情地介绍他的新家，笑着说："你看这个地方，阳光充足，生活方便，楼里有电梯，楼下就是美食一条街。"为表谢意，他早早就定做了这面锦旗，在签约时带给了刘玉。刘玉回想起那天的情景，笑得很开心："我特别惊喜，高兴得脸都红了，我觉得这是一面属于整个城市更新项目的锦旗。"

表达感谢的方式有很多，在城市更新过程中更多的是一句谢谢、一个微笑。刘刚是原城三小地块的居民，因为工作原因长期居住在上海，经常通过微信与该地块工作人员交流。2月下旬，受疫情影响，刘刚不能亲自到指挥部签约，又不想耽误进度，便希望在交通卡口完成签约。得知这一情况后，签约3组的工作人员时代伟提前一天准备好了所需材料，按照约定时间到卡口和刘刚签约。时代伟告诉我："刘刚一直很配合我们，积极推进签约工作，他提出这个要求的时候，我们也要体谅一下，给予配合。"

如今，城市更新工作如期推进，古松弄地块住宅签约率超过80%，原城三小地块住宅签约率超过70%。在这些数据背后，是各方人员无数次的交流与磨合。这些相互间的暖心举动，是大项目推进下的小确幸，也为越来越暖和的春天增添了一丝暖意。

2022 年 3 月 16 日　　　　星期三　　　　晴

在3个城市更新地块中，原城三小地块是启动相对较晚的一个。但今天我走进这一地块时，发现这里的城市更新工作进展也很快。不少居民在忙着搬家，更有一些居民已经腾空了房子，拆房公司的工人们开始拆除门窗和室内装饰，整个地块上都热闹了起来。

时师傅家住桃园路5号，这几天都在忙着收拾东西、搬家。他说，他家已经签约了，还有两三天就能搬空房子交钥匙，他家在南郊有一套房子，准备搬到那里去过渡。时师傅这套房子80多平方米，准备充分用好政策，拿一套大一些的房子，好好改善一下居住条件。因为他家还有个车库，加上其他政策补助，基本不用贴钱了。

张阿姨也在准备搬家，她说，因为租房多花了一些时间，才找好过渡房子，所以这几天正在收拾。今天，她找来两位清洗油烟机的师傅，把家里满是油垢的油烟机拆了下来。两位师傅清洗得很认真，很快就把油烟机洗干净了，反射出金属的光泽，像新的一样。张阿姨告诉两位师傅，这次洗好不用安装，帮她装箱封好就可以了。

看得出张阿姨对老房子还是很有感情的，她还邀请我进家里看看。她这套老房子是1998年买的，有130多平方米，在这一带是最大的户型。当年装修很用心，室内的一些隔断、装饰都非常精致，客厅全都铺了地板。而现在，家里有不少打包好的包裹。

郑和西路56-2幢的西单元中，楼上楼下不时传出"咚咚"或"哗啦哗啦"的拆房声。这个单元的8户居民都已经腾出房子，窗户已被拆除，工人正在拆地板和吊顶。他们告诉我，撬地板其实挺费事，要一块一块地撬，两个人一天也只能撬掉客厅、厨房或者两个小房间的地板，且现在拆房也要求垃圾分类，所以一定要一块一块地撬，然后再打捆运走。如果铺的是地板砖，拆除作业会快很多。

除了56-2幢之外，对面的56-1幢以及旁边沿桃园路的几幢居民楼，也有不少房子的窗户已经被拆除，显然这些房子都已经腾空。

原城三小地块城市更新指挥部负责人告诉我，目前该地块上住宅的签约率约为 70%，腾房率约为 36%，总体进度还是比较快的。在疫情防控中，老校园再次发挥了重要作用。作为中区、弇山、桃园三个社区的核酸检测采样点，每一次采样时，指挥部中除了有预约的工作人员会留下等居民来签约，其他工作人员都作为志愿者加入核酸采样的服务队伍中。有些时候，工作人员还会和居民们商量，将签约时间改到晚上，居民们也很配合。该负责人表示，下一阶段，大家会再接再厉，进一步提升城市更新工作整体合力，坚决完成各项目标任务。

2022 年 3 月 23 日　　　　星期三　　　　晴

连日的阴雨停了，今天又是久违的好天气，古松弄老街也迎来了一些新变化。入口处搭建了防疫小帐篷，需要查验"两码"才能进入。街两边的商铺关了一些，贴上了指挥部的封条。尚未关闭的店家也纷纷将自己的新地址张贴出来，提前告知顾客。搬家和拆迁的工人师傅们也已经入驻，开始对腾空的住宅进行拆除。其中最显眼的，还是一块写着签约进度的大牌子，相信上面的未签约数字一定会一天比一天小，直至清零。

"没想到这次的签约进度这么快，完全超出我们的预料。好在房东提前跟我说了他的签约意向，我也有更多时间准备。"小燕片皮烤鸭店的老板丁家国告诉我，他已经选定了市中医院对面的一个店面，早早交了定金，正在进行店面装修，不久后就会在一个环境更好、停车更方便的地方继续自己的烤鸭生意。

3 月 18 日，古松弄地块的商户开始签约，该地块有 72 家商户，当天有 27 家签了约。能有这样的进度，一方面是商户们对城市更新政策的支持与配合，更重要的是，指挥部提前做了大量细致翔实的准备工作。古松弄地块签约 4 组的工作人员赵寅表示，作为政策的执行者，他们坚决按照"该群众享受的利益一分不少，不符合政策的要求一步不让"这一原则来推进工作。当商铺评估报告出来以后，各组工作人员会自己测算一遍，帮商户算明白这笔经济账。针对商户提出的新门面房户型等问题，也一一收集、集中讨论并给予相应的解释。赵寅告诉我："我们在讨论的时候也将心比心，给出一个公平、实惠的置换方案。对于商户来说，合理诉求得到满足，他们也会增加对我们的信任感。"

在古松弄地块签约 10 组，工作人员杨洋正在邮寄一份签约材料。他告诉我，这家商铺的产权人在张家港，前期工作人员与他进行了多次线上沟通和细致的政策解读，并帮他到店铺对租户进行调解。签约开始后，由于疫情，他不能亲自到指挥部，为了不耽误签约，双方通过快递完成签约。"像这样产权人在其他城市甚至在国外而不能及时回来的，我们都制定了相应的签约程序，确保签约按时完成。"杨洋说。

在原城三小地块，签约组在推进住宅签约的同时，商铺签约也进入准备阶段。签约 1 组工作人员蒉豪介绍，商铺的评估报告已陆续发放，预计 3 月 28 日正式开始商户签约，"昨天上午去采样点位做志愿者，下午赶紧回指挥部给商户解读政策。这两件都是太仓的大事，一定要把这两件事做好。"

2022 年 3 月 30 日　　　　　星期三　　　　多云

今年春天是一个紧张又忙碌的季节。在人与人因为疫情防控而保持距离的当下，我们被身边的花、萌发的芽以及回迁的鸟牵引着步入春天。在一个暖洋洋的午后，董裁缝正在他的新店缝制着顾客的西裤，看见我来了，他很开心，问我新店怎么样。我的第一感受就是"明亮"。比起他在古松弄经营了16年的小店，这里门前就是宽敞的柏油马路，不远处是一个停车场，附近有小区、学校和各色小店。因为城市更新，他的经营环境也随之更新了。

"半个月前租好了这间新店面，装修、添置新物件、腾房、开新店，一天没休息，也一天没耽误。"董裁缝今年60岁，梳着精致的发型，穿着笔挺的西装，显得很精神。无论是缝制衣服，还是对待城市更新政策，他都处理得很爽利。"房东积极配合城市更新政策，我积极配合房东，十几年的老相识了，我们都互相理解。"说起董裁缝和他的房东，10组工作人员印象都很深刻，这家位于古松弄5-1-4号的小店，是古松弄最早一批签约的商铺，"18号签约，19号就把钥匙拿来了，很积极的"。从3月18日开始正式签约，如今，古松弄商铺签约率已经过半。

在原城三小地块，住宅签约率已超80%，腾房进度达61%。目前，拆房队已经入驻原城三小校区。为做好疫情防控期间工地人员的管理，负责人梳理了一份人员表格，包括籍贯、工作范围、核酸检测报告、苏康码等，需要时时更新。同时，原城三小校区设置了核酸检测点位，区域核酸检测时常穿插在城市更新的工作中。签约3组工作人员时代伟告诉我："区域核酸检测的时候来指挥部签约的人比较少，我们一边留下值班人员继续对接产权人，一边做好签约前的扫尾工作，尽量做到万事俱备、只等签约。"针对产权人在外地的情况，签约组工作人员继续在线上推进工作。目前，原城三小地块商铺的评估报告已陆续发放，正处于复评阶段，由于疫情原因，商铺签约时间延至4月8日。

在疫情防控的侧面，我们能看到一座城市推进城市更新工作的决心，同时能感受到，在这份决心之下，片刻的摇摆不会影响生活的继续。就像董裁缝对待他新环境中的裁缝事业："现在做的是古松弄以前的订单，稍微有几个新顾客。不过一切都要慢慢来，古松弄的老顾客我们也时常联系，以后会有更多新顾客，我的小店也在新旧更替中成长。"

2022年4月6日　　　　星期三　　　　多云转晴

原城三小地块城市更新的签约工作于2月8日启动，到4月4日，126户居民中已有103户签约，签约率达81.7%。该地块指挥部负责人告诉我，能有这样的进度，既是指挥部工作人员担当作为、合力推进的结果，更离不开居民们的支持，尤其是一些热心居民的推动。

陈先生就是其中一位热心居民。他创业多年，是房地产行业的专业人士，平时为人热心，深受周边居民信任。原城三小地块的城市更新相关政策陆续出台后，陈先生所在楼幢的居民们归纳整理了一些问题，和陈先生一起探讨。陈先生结合自己的专业知识和经验，解答了一部分问题，又和居民们一起到指挥部，就其余问题和工作人员进行沟通，使大家的疑问得到彻底解决。

"城市更新后，旧房换新房，不管是居住条件，还是小区环境，都会有极大提升，居民从中得实惠，我很愿意帮着做点事。"陈先生说，签约第一天，他一早就到现场签了约。有的邻居对评估有疑问，请他帮忙把把关，他会认真结合报告进行解答，有的居民签约时请他一起去，他也很乐意。陈先生说："现在我住的那幢楼，早就搬空了。"

章阿姨是一位居民小组长，她平时热心为居民服务，性格也很直爽。城市更新的相关政策出台后，她就认真收集了居民们的想法，也包括自己的一些疑问，向指挥部进行了反映，主要涉及自行车库、汽车库、装修等各种补偿政策。指挥部工作人员对照政策一条条、一次次进行解释，还告知她政策的依据以及周边地区的相关政策等。

吃透了政策的章阿姨，又反过来给居民们解释，利用自己在居民中的威信，做大家的思想工作，劝导居民早签约才能早回迁，为这一地块的城市更新工作尽一份力。"我就是直性子，想不通就要说，就要问，想通了就帮着出出力。"章阿姨说。

今天，我也了解了城市更新进展中的一些数字——截至4月4日，原城三小地块126户居民中，已有92户腾房，腾房率达到73%。古松弄地块538户普通住宅居民中，已有500户签约，签约率达92.9%；腾房411户，腾房率达76.4%；私宅居民、商铺、非居住户等签约和腾房工作也在有序推进。胜利村77户居民中，已腾房67户，腾房率达87.0%；已拆除60户，拆除率达77.9%。这些亮眼数字的背后，既有居民、商铺业主以及其他各类产权人的支持，也有陈先生、章阿姨等热心居民的付出。大家的支持与热心，也反映出城市更新是一项不折不扣的民生实事、民心工程。

2022 年 4 月 13 日 　　　星期三 　　　大风大雨

　　经过前两日的高温曝晒，今天的太仓在风雨交加中迎来了大降温。早上 6 点半，通知核酸检测的大喇叭准时响起，"大白""小蓝""志愿红"成为这座城市的主色调。大街上，除了疾驰的外卖员，只有救护车和警车偶尔呼啸而过。当前，城市更新工作被按下"暂停键"。不过，暂时的停下，是为了更好地出发。疫情当前，城市更新指挥部全员出动，化身一线防疫战士，分散到核酸检测采样点位的各个环节之中。

　　早上 5 点到达点位，穿上防护服，开展信息录入、秩序维护、后勤等各种工作，一直忙到当天核酸检测全部结束，拖着疲惫的身躯回家，这是这些天他们的工作日常。但在志愿者身份之下，签约组工作人员的底色并未改变。当我问他们，做志愿者的时候是否会接到城市更新的相关电话，他们的回答是：有啊，肯定有的，而且多了去了。

　　我了解到，疫情发生以来，城市更新指挥部一直在支援防疫。府南街有些店铺的情况还未定下来，但关于装修的评估报告已经发出去了，所以产权人会经常打电话询问。城市更新城厢镇指挥部签约 10 组工作人员杨洋告诉我，在核酸采样点位做志愿者的间隙，城市更新的电话也是能接就接，主要是针对产权人的疑问进行阐释，详细说明政策条款的意思，同时还需要安抚他们的情绪。

　　"因为疫情影响，大家不能碰面，遇到沟通不畅的时候情绪难免激动，等疫情稳定了请产权人来办公室，再作详细解释。有些已经明白了的产权人，等疫情稳定了就过来签约。"签约2组的王超也补充了相关的情况。疫情形势严峻复杂，面对疫情带来的影响和不得不推迟的进度，大家也都相互理解。很多产权人会发信息或打电话慰问他们——感谢城市更新指挥部为疫情防控工作出力，也请他们做好防护、注意安全等等。

很多核酸采样点位开进了小区，这对志愿者和医务工作者来说，工作量更大了。王超说："以前测温、查码、消杀等工作都有专人负责，现在需要几个人包办一个小区。我们要协同所属社区、物业、志愿者一起做好整个小区的检测工作，身上的责任更重了。"我又问她："那你觉得城市更新和核酸检测哪个更累？"这是一个类似于"你喜欢爸爸还是妈妈"的问题，问出后我有点懊悔。她却非常真诚地回答："一个压力大，一个体力和耐力消耗大。对于我们来说，需要干完一个就无缝衔接干另一个。每一个都很重要、都很着急，我们几乎没有休息时间，但必须尽最大努力做好。"我相信这是她的肺腑之言，也是古松弄、原城三小、胜利村三个城市更新地块每一位领导干部和工作人员，乃至全市身兼多职奋战在抗疫一线人员的真情实感。

这是一个漫长的春天，疫情起伏、形势严峻，但春天不会因为一座城市而放缓她的脚步。窗外花开花谢、日升日落，春天正在为我们呈现时间的流淌。我们的努力不会白费，我们的暂停不会落后。希望疫情早点过去，让我们尽早回到本职岗位，让城市更新再出发。

2022 年 4 月 27 日　　　星期三　　　晴

本周，城市更新指挥部复工了。今天上午开展核酸检测采样工作时，指挥部工作人员依然充实到了采样点位。下午 1 点多，指挥部里迎来了复工后最忙碌的时刻，70 多户居民陆续来到指挥部，扫场所码，出示苏康码、行程卡，测温、登记后，走进指挥部大楼。按照事先的通知，找到各自的签约组工作人员，核对协议，再由工作人员陪同，去财务室领取过渡费和奖补资金的存折。财务室不大，人多的时候，大家会自觉间隔 1 米以上，即使只有四五个人，他们也会把队伍排到门外，而不是挤在一起。

指挥部工作人员告诉我，这笔钱其实在前一阵就应该支付，可是受疫情影响暂停了，没有及时办理。当时指挥部内的相关手续已经全部办完，但寄资料到苏州审批时却遇到了困难，因为审批只接受纸质原件，可快递都停了。等到了上上周，纸质文件终于可以通过 EMS 寄出，就赶紧寄了出去。审批完成后，又马上与两家银行协商，终于开出了存折，"今天上午要开展核酸检测，于是通知大家下午来领取，大家心中的一块石头终于落了地"。"晚几天没关系的，你们这阵子太辛苦了。"居民张师傅家有两套房，虽然资金晚了几天才拿到，但他仍然很高兴，并表示理解。

沈玉玉所在的签约组，今天共有 12 户居民可以拿到存折。她告诉我，前几天，她在核酸检测采样点位上工作时，接到了好几个居民的电话，都是问已经过了资金到账的约定时间，为什么资金还没有到账。电话中有的居民语气比较着急，她都跟居民耐心解释，希望大家能理解，现在这个问题终于解决了。

"因疫情防控需要，商铺暂停营业，这也给了我们与业主深入沟通的机会。尽管才复工，但大家干劲很足，希望为下阶段工作打好基础。"指挥部工作人员许益峰告诉我，原来上门与老板们协商时，经常会被生意打断。商铺暂停营业后，老板们空了下来，大家交流得更加深入全面，现在已经谈下了好几家，"等一会儿还有一家服饰店的老板要来谈"。

原城三小地块指挥部的工作人员史世方也和许益峰有同样的感受。他告诉我，指挥部开工后，原城三小地块房产的资金办理，与商户、居民的协商、签约都在加紧进行，那些平时忙于生意的老板和工作很忙的居民也都空了下来，这给工作的开展提供了诸多便利，不仅约他们洽谈更方便了，谈得也比较从容、深入，"这两天每天都能成功签下几户，为下阶段工作开展打下了基础"。

刚刚开工，指挥部里已然一片繁忙景象，工作人员都将城市"静下来"作为加强与居民、商户沟通的机会。在某种程度上，因疫情防控而按下的"暂停键"，也成了下一阶段工作的能量积蓄键。

2022 年 5 月 4 日　　　　　星期三　　　　晴

4 月匆匆而过，我们终于在一阵忙碌中迎来了"五一"小长假。随着疫情的有效控制，我市复工复产的步伐逐渐加快。同时，城市更新的"太仓速度"加快"返场"，力争把被疫情耽误的时间"抢"回来。

"五一"小长假，本来是一个休息的假日，与外界舒缓放松的假日氛围不同，城市更新城厢镇指挥部和原城三小地块签约工作组依旧忙碌。工作人员不用再支援核酸检测点位，从 4 月底开始就一心一意扑在城市更新项目上。他们普遍反馈,假期里,主动来指挥部签约的产权人多了起来。

当然,签约户数增多的背后,是指挥部从未停歇付出的努力。今天上午,原城三小地块签约工作组又完成一户商铺的签约。签约1组工作人员葛豪告诉我,因为此前部分商铺的评估报告已经下发,他们也安排了值班人员点对点解读政策、追踪意向,所以防控形势向好之后,就有很多商户前来咨询、签约,最多的时候一下午就来了七八户。考虑到目前仍需守好防疫关口,签约组采取预约式的见面制度,引导产权人错峰签约。自原城三小地块启动商铺签约之后,十来天的时间内签约率已接近25%。"在发评估报告的过程中,我们通过产权人的反馈也接触到了一些问题,过去一个礼拜,我们把大部分精力投到商讨桃园路商铺回迁户的安置问题上,经过多次研讨,相关政策也逐渐清晰起来。"葛豪补充道。

城市更新城厢镇指挥部10个签约工作组的办公室里,都有一块记录着评估、签约、腾房日期的白板。随着时间的推移,10块小白板上的数字慢慢"密"了起来,其中零星分布着以"5"开头的日期。"五一"小长假,城市更新城厢镇指挥部签约10组一共签了6家商铺,这得益于前期的沟通和接触,同时在政策方面,把合理的、能考虑的情况都加了进去,所以产权人的接受度也随之提高。"虽然签约数字是在一户一户缓慢地往上加,但签下这一户所付出的努力比以前一天签几户还要多。"诚然,签约工作越是接近尾声,所面临的困难越是艰巨,这是一个现实的问题。原城三小地块签约3组的工作人员时代伟表示："超出政策的要求确实没有办法满足，该坚持的原则一定要坚持，现在能做的就是摁牢，慢慢往前推进，是耐力的消耗。"目前，还有一批居住在外地甚至是在国外的产权人，受疫情以及快递不通影响，签约工作只能暂时悬置，但是线上政策沟通、拍照传输评估报告等能够做到的举措还在进行中。只要问题是具体的，就能去解决。

　　艰难困苦，玉汝于成。不断沟通磨合，不断疏通堵点，在目前的特殊环境之下，太仓这座城市正在复苏，城市更新项目再次运转起来，生活的小确幸、城市的大未来一定也会随之实现。

　　2022 年 5 月 11 日　　　　　星期三　　　　　晴

　　"古松弄签约超过 600 户，腾房超过 500 户！""长臂挖机今天就到位，因疫情中断的古松弄拆房工作明天将全面启动！"在城市更新城厢镇指挥部，不止一名工作人员告诉了我这两个好消息。这意味着城市更新工作正加快走出疫情影响，并迎来新的节点。

　　古松弄地块签约 4 组是一个纯商户的签约组，服务对象主要是东港路沿街商户和古松弄菜场商户。我看到工作人员赵寅时，他正在接待古松弄菜场产权人之一的陆老板，陆老板已经签约，这次他拿了户口簿、结婚证等一些补充材料到指挥部。

　　陆老板告诉我，古松弄菜场，包括沿街的门面房和里面的菜场，在前几年改建成农产品超市，曾是这一带的"地标"。但不管是内部环境还是停车场地，都已经和别的地方没法比了。"城市更新是政府的民生工程，我们肯定支持。"

古松弄地块签约 4 组的服务对象一共有 19 户，复工后的进展很快。从 5 月 1 日至今，已经签了 7 户，还有两户腾了房。赵寅告诉我，完成菜场的签约是最让人振奋的。这个菜场按门牌划分是 3 户，但涉及的面积大、产权人多，产权证更是多达15 份，仅签约过程就从早上 9 点一直持续到晚上 6 点多。在签约过程中，有些问题还需要到现场实地查看并解决。

赵寅说，签约进展比较顺利，主要有两方面的原因：一是前期沟通得比较充分，即使在疫情防控期间，沟通也一直在进行；二是指挥部认真听取业主的意见，比如东港路有一些面积比较小的门面房，业主们都愿意拿房，却又对新建的门面房面积较大有顾虑。指挥部听取大家意见后，确定了分割门面房的方案。这个方案确定后，一天下来就签了 4 户。

我从指挥部了解到，古松弄地块共有普通住户、商户等670 户。截至 5 月 10 日，签约 610 户，腾房 504 户，双双超过整数关。胜利村的腾房率和拆除率分别达到 89.6% 和 84.5%。最后启动的原城三小地块，126 户住户中已有 105 户签约、96户腾房，非住宅的签约、腾房工作也在有序推进。

我随后来到古松弄菜场，沿街的一排门面房只有一家熟食店还在营业。里面的农产品超市则处于清货和整理阶段，大部分货架已经清空，几个工人正在清理冰柜里的商品。仍在销售的一些蔬菜和日化用品则被放置在离大门很近的位置，方便顾客挑选。

附近几幢居民楼的居民都已经搬走，很多房子的门窗也被拆走了。如果没有疫情，这些房子也许已经全部拆了。指挥部工作人员告诉我，用于拆房的长臂挖机今天就能到位了，设备一到，马上开始拆房。

随着居民和商户的陆续搬离，再加上疫情防控，现在的古松弄显得特别安静。可以肯定的是，随着拆房工程队的进驻，这种安静很快会被打破。此后的古松弄将持续呈现出新的活力，是拆旧的活力、建设的活力、发展的活力。

2022 年 5 月 18 日　　　　星期三　　　　晴

5 月的日光已经有些灼人，开始有一点盛夏的感觉。城市更新城厢镇指挥部门口的马路久违地堵车了，种种细节彰显着这座城市正在慢慢恢复生气。如今，去古松弄需要从新华路入口绕行，内部卸去门窗的空房子越来越多，店铺大多搬迁了，一部分住宅已经开拆，碎石瓦被小心地圈在废墟上，不影响周边通行。比起一天天数日子，这些生活碎片更直观地体现着城市更新项目的最新进展。

如果日子需要数一下，时间需要算一番，一定是因为有一个终点在前面。对于回来签约的李英来说，这或许是她最大的感受。今天上午，我跟随城市更新城厢镇指挥部签约 6 组的工作人员和评估师，前往位于府南新村 7 幢的李英家里。常年居住法国的她，辗转近两个月，终于回到了太仓。"3 月 20 日，法国复航，我立即订了机票飞回来，先是到太原，由于不能直飞上海，又回到北京隔离了 3 周。隔离结束，太仓疫情吃紧，后来又因为北京疫情等种种因素，5 月中旬才回到太仓。"谈起她的回家路，李英对每个时间节点都记得很清楚。她还谈到，在此期间，签约 6 组工作人员沈玉玉作为她的签约对接人，给了她很多帮助，"通过微信讲解城市更新相关政策，并且时时跟我沟通太仓疫情防控的最新消息。包括在回来的路上，她也一直帮我规划返太路线"。

沈玉玉告诉我，签约本可以在网上进行，李英之所以特意从法国回来，主要是为了安顿好母亲。李英的母亲今年 80 岁，精神矍铄，头脑清晰，看到女儿提前回来，非常惊喜。在评估师评估的间隙，沈玉玉和另一名工作人员施建华陪着李英一起看新房的户型图纸。"从喜好上来说，房子肯定是越大越舒心。这套房子是给妈妈养老居住的，所以要选一套房屋布局最好的。"李英边看边说，"而选一套相对小一点的，还能拿一部分现金补偿，对于老年人来说，多一份养老钱，她也安心一点。"

签约腾房意味着母亲要换一个地方居住，因此李英当前最主要的任务，就是给母亲找一套宜居的房子。然而，李英目前处于 11 天跟踪健康监测阶段，不能外出。因此，沈玉玉和施建华主动帮她联系、寻找适宜老年人居住的出租房，尽力帮助李英解决她的"心头大事"，同时推进签约进度，缩短腾房准备时间，让李英母亲尽快安定下来。"我已经在网上看好了一些适老化设施，可以让妈妈住得更方便一些。最好是租一套底楼的房子，这样就可以推着她出去散步。"回国前，李英已经交接完法国的工作，以后的日子，她将往返于北京和太仓，可以时常回家陪伴母亲。

在与李英相处的半天时间里，我惊讶于她的"乡音未改"，在离家万里、不得相见的时刻，太仓话、古松弄，也许又是一层加固她与家庭关系的纽带。她想到 20 世纪 80 年代在古松弄居住的两层小楼，2000 年回迁的府南新村 7 幢，以及未来几年古松弄的新房，更觉得生活在越变越好。

2022 年 5 月 25 日　　　　　星期三　　　　阴

古松弄地块上的房子正在拆除，曾经热闹的巷子安静了下来。烤鸭店、肉松骨头店、卤菜店、海鲜店等都暂别了这里，分散到了周边街道。老板们的生意怎么样？老顾客们有没有追随？我决定去他们的新店探访。

小燕片皮鸭是古松弄里的一家老店，现在丁老板把店搬到了不远处的弇州府一间门面中，离古松弄也就 200 多米。崭新的门头，大红底招牌显得很喜气，一只只红润、油亮的烤鸭挂在店堂中，依旧诱人。丁老板说，他的店上周五才搬过来，还是后面现烤、前面销售，新店空间比老店要大一些，门面也气派，显得档次高一些。门面早些时候就租下了，还在老店时就贴出了新店位置，现在有不少老顾客都跟过来买，也有一些新的顾客。

正说着，家住桃园的老顾客乘阿姨来买烤鸭，老板娘一边切鸭、片皮，一边和乘阿姨聊了起来。一个问新店生意怎么样，一个问孙子上学了没有，还聊了一些店堂的布置，就像老朋友般交谈。这时又有一位顾客来了，他问老板娘能不能只要小半只鸭，老顾客都知道店里只卖半只或者整只，这显然是一位闻香而来的新顾客。

丁老板说，以前一天能卖 100 多只烤鸭，现在能卖 70 到 80 只，毕竟刚搬来，相信过几天就能恢复到老店的销量。

丁老板指着一家正在装修的门面告诉我，那是卖肉松骨头的陆老板租下的，几家卤菜店则搬到了太平南路上，也在加紧装修。

卖海鲜的崔老板把店搬得远了一些，在南园西路。新店面积比原先小了一半，靠外的半边放着3台冰柜，陈列着一些太仓特产，靠里的半边放着些包装盒。崔老板主要做的是网上生意，门店实际上就是发货点，他把店搬到这儿主要是考虑离家近。

崔老板在古松弄的店面是自家的，楼上楼下共有140多平方米。他坦言，一开始他对城市更新还是有顾虑的，他想置换房子。但按照原设计方案，置换的门面面积大了近30平方米，自己需要补上一大笔钱。后来指挥部听取了商户们的意见，调整了方案，置换的面积和原来差不多，"就签约、腾房了"。

我从城市更新城厢镇指挥部了解到，古松弄地块共有商户72户，从3月18日开始签约，至今仅两个多月，中间还因为疫情，工作中断了较长时间，但现在已有69户签约。进展如此之快，其中很大一个原因，就是指挥部认真听取了商户们的意见。

古松弄地块上的这些老店深受当地居民的喜爱，这次暂别古松弄，也许会让更多的太仓市民认识它们，并用另一种方式，让大家品味这条老弄堂的烟火气。

2022年6月1日   星期三   雷阵雨

今天，上海全面恢复正常的生产生活秩序。对于长期居住在上海的丁正来说，回太仓的日期似乎越来越近了。丁正是一名导演，曾参与过《舌尖上的中国》的拍摄，也为太仓导演过城市宣传片。作为曾经的古松弄"资深"居民，过去一段时间，除了为自己的老家留下一些影像资料，如何异地完成老宅搬迁成了丁正心里的头等大事。前几天，他发了一条朋友圈告别古松弄："原本想好了，搬离前，我必须在旧屋住下，细细品味这片空间最后的气息。告别这里，就等于告别自己的前半生。"

丁正四五岁时，就和父母一同住进了县府街21号，直到他结婚生子后才搬离。这套小小的房子凝结了他童年时代最美好的记忆。他告诉我，一幢楼有4层，共8户人家，邻里关系一直很好，楼里的孩子们都是童年的玩伴。他特别提到，他家住在一楼，到了夏天，一楼两户人家的门都是敞开的。"吃晚饭的时候，时常端着饭碗就到对面人家去，家里烧了什么好菜，都会互相分享。"房子的旁边有条弄堂，弄堂口有棵很大的松树，再往里走还有银杏树，以及一棵"枝干像马背一样弯"的树。他们时常在这里爬树、玩游戏，一条弄堂串联了他的童年、友谊和快乐。回忆起这些，丁正不禁笑了起来，30多年过去了，古松弄的布局已经深深刻在他的脑子里，"小时候感觉这条弄堂特别宽阔和深邃，长大以后再看，其实窄到一辆车也很难通行"。

5月下旬，上海疫情仍旧吃紧。丁正委托母亲代其签约，腾房工作随即展开。"异地搬家是一件很无奈的事情，只有母亲一个人住在里面，但我们家是这栋楼的最后一批，不想再拖下去了。"丁正说，他的母亲很了不起，和几个同龄朋友张罗着将零散的东西打包、装箱，再叫搬家公司把大件家具运出去。从上周末开始，70岁的曾阿姨就在"蚂蚁搬家"式地推进这项工作。今天下午，我来到丁正家时，曾阿姨正在联系搬家的车辆。她说，好在有朋友们一起帮忙，搬家工作已经进行了大半。屋外的院子里，以前种的花花草草、养的乌龟和鱼也都送给朋友们了。"丁正的东西最多，这也要，那也要，我只好统统帮他打包装箱。"曾阿姨指着地上成堆的书籍和碟片笑着说。不远处，还有丁正初中时亲手搭的帆船模型，四周的玻璃罩是他的父亲亲手做的，曾阿姨将其妥善地保存了下来。"住了30多年的房子，东西实在太多了，有纪念价值的东西都尽量留下来了，这是生活的刻度。"丁正说。

"回不去的童年"是很多人在感慨童年时常用的表达，随着城市更新项目的快速推进，丁正想回来跟老屋告别的愿望可能要泡汤了。他却说："等到回去的那一天，我确信我的老家一定已经化为瓦砾。可我一定会去到废墟之上，站着环顾四周，让回忆投射出原本的美好模样。"

2022年6月8日　　　　　星期三　　　　晴

5月中旬，古松弄地块的房子开始拆除，这一地块的城市更新工作进入一个新的阶段。我原来以为，与直接和居民打交道、做工作、化解矛盾的签约、腾退相比，拆房工作会简单得多，但我很快就发现，随着高考、中考的来临，以及这一地块所处的老城中心位置，都决定了拆房工作并不容易，工作人员需要对照着日历表，精准排定房子的拆除日期。

现在的古松弄，不再有往日的热闹，街道两边，空门面、空的居民楼和一块块拆房后的废墟相间，显得特别安静。有的空地上还停着挖掘机、喷水车，目前处于高考期间，暂时不能作业。

　　何源茂卤菜店是古松弄的一家老店，店铺对面的古松弄菜场已经拆除，同行们也都已经搬走了。何师傅正在整理物品、准备腾房，10多个纸箱把店门口堆得满满当当。店门口的玻璃上贴着一张搬迁公告，何师傅说，他家的店开了20多年，生意主要靠回头客，虽然搬迁了，但不会对生意有太大影响。这个门面是自家的，以后还会搬回来继续经营。

　　在附近，我还碰到了指挥部工作人员张元瀚。他和拆房工作人员一起来现场勘察，为高考结束后实验小学对面几幢楼房的拆除工作做准备。

　　张元瀚告诉我，这次拆除的共有3排5幢房子，只能在高考结束后的6月10日（周五）开工。但两幢沿街的楼房离实验小学太近，为了减少影响，指挥部明确不能在学生上学时拆房。现在的方案是从里往外拆，周五拆除最里面的一幢，因为离学校较远，不会有什么影响，周六拆除中间两幢，周日再拆除沿街的两幢。张元瀚说，他们努力争取此次拆房工作如期完成。因为下周六和周日是中考时间，不能施工，要等到再下一周的周末才能继续施工。为了保证进度，他们正在安排工人安装围挡、清理通道，他和工头再来看看，敲定一些细节，确保施工顺利。

　　张元瀚说，由于高考和中考相继来临，最近一阶段的拆房工作都是对照日历表来安排的，把考试前和考试的几天都排除，"能多拆一些就多拆一些，等中考结束以后再加油干"。

　　我从指挥部了解到，拆房工作总体进度较快。目前，古松弄地块住宅已经拆除113户，占到总量的21.0%，私宅的拆除进度达到45.5%。而胜利村77户住宅中，已经拆除了65户，占总量的 84.4%。

2022 年 6 月 15 日　　　　星期三　　　　晴

　　古松弄地块上有很多老店，这些店让这里有了更多的烟火气和人情味。城市更新城厢镇指挥部的好几位工作人员都推荐我去"汇丰服饰"看看。他们说，在实体店生意不太景气的当下，这家店靠着浓浓的人情味和邻里店特有的气质，依然能吸引很多顾客，在县府街上是这样，搬到了新店还是这样。

　　汇丰服饰的新店位于北门街上，单开间，门口放着两只庆祝"开业大吉"的花篮。店内的布置也和普通的服装店差不多，三面墙上都挂着衣服，店堂中有三排橱架，上面也挂满了衣服。顾客挑选时，要把架子上的衣服向两边推。

　　我来到店里时，有好几位顾客同时在挑选衣服。"这件是什么料子的？""这条打不打折？""这套是新款还是老款？"……她们边挑边问店员或者老板娘，店员和老板娘也都会笑眯眯地回答。

　　"一直在她家买，已经买了好多年了，老板娘是会做生意的。"钱阿姨是店里的一位老顾客，今天她一下子就买了 6 件衣服。她告诉我，之所以选择在这里买衣服，主要是因为价格实惠、衣服款式多，老板娘也为人和气。我注意到，老板娘一边算账，一边和钱阿姨聊着家常："买菜时顺便过来坐坐，店搬到这里，你来也更方便了。"

　　在采访过程中，店里的顾客几乎没有断过，采访只能在老板娘稍微空些的时候进行。老板娘叫陈菊芬，1993 年租了娄东宾馆附近的门面房，主要卖中老年女士服装。几年后因为门面房改造，她又租了原市轻工业局边上的门面房，最后买下了那间门面房。

陈菊芬告诉我，她原来的店有60多平方米，开间比新店大许多，因为挑高很高，又在里面架设了阁楼，经营面积就扩大到了近100平方米，阁楼也成了她家服装店的一个标识。她家有很多老顾客，搬店前她在微信上发了消息，很多老顾客就找过来了。"现在的门面虽然小点，但我做的是老顾客生意，搬迁对我影响不大。对城市更新，我肯定支持，就等以后拿新门面房了。"

陈菊芬对城市更新的支持也体现在行动上，阁楼是她引以为傲的店标识，但按照城市更新的相关政策，产证上没有阁楼，是不能得到补偿的。陈菊芬对此并没有怨言，签约、搬店都很配合。

我从指挥部了解到，到上周为止，古松弄地块上的72家商铺已经全部签约。这背后既有指挥部工作人员的努力，也有这些商铺业主和经营者的理解和支持。

2022年6月22日　　　　　星期三　　　　　晴

仲夏已至，万物方盛。许久没来古松弄，这里又增添了一片绿色。当前，古松弄进入大面积拆房阶段，出于安全和环境的考虑，地块四周围起了绿色的铁皮，和越来越葱郁的树木融为一体。铁皮内的腾房和拆房工作进行得如火如荼，存在于几代人记忆中的古松弄正在体面地告别。城市更新城厢镇指挥部的小伙伴们告诉我，过去这段时间，发生了几件令人振奋的事：古松弄菜场拆了，未签约商铺清零了，古松弄的古松保留了。

古松弄菜场是古松弄的"地标"，也算是该地块城市更新项目的"风向标"。菜场占地面积大、涉及面广、历史遗留问题多，包含的门面房就有七八家，更涉及了15本产权证，光是房屋复评就进行了四五次，更不要说与产权人交涉以及去相关部门调取资料的次数。经过前期充分的沟通、解读和协调，5月9日，菜场顺利签约。"菜场的签约可以说达到了立竿见影的效果，本来有些商铺在观望，看到菜场签了，他们也就跟着签了。"赵寅所在的4组率先完成了商铺签约任务，他说："有些商铺出于经营考虑，不愿意太早签约。但事实是，他们搬出古松弄后的生意照样红火，经营环境也更好了。"5月19日，杨洋所在的10组签下了古松弄地块的第72家商铺，标志着该地块商铺签约工作的正式结束。这一晚，杨洋高兴地吃了两份晚饭，他感慨道："从开始的摸底登记到最后一家签约，完成了城市更新工作中的一个重要环节，肯定是开心的。作为工作人员，更开心的是能够得到产权人的理解和认可，看着他们对于未来新房的憧憬，我们也为他们高兴。"

签约完成并不意味着放松，在此之后是更重要的腾房工作。杨洋告诉我："签约面对的是产权人，而腾房面对的则是实际经营者，这会涉及多方意愿，签约组工作人员就变成'老娘舅'，对实际经营者提出的一些合理诉求及情况，要主动作为，积极沟通和协调。"在我去采访的这个下午，杨洋忙着和同事复盘商铺诉求、商讨解决措施，产权人打来的电话时不时会打断他们，杨洋总会一桩一件耐心回复。

"大家都说拆迁很难，借这个机会，我们感受到、见识到了，也跟着前辈们学到了很多东西，对我们以后的工作来说是宝贵的经验。"签约1组的朱俊说。据了解，签约组的小伙伴们都是刚考进村或社区的工作人员，没等到去报到，就加入了城市更新的工作中。等任务完成，他们就要回到基层继续发光发热。"在推进城市更新工作的过程当中，需要扛住情绪压力，在动之以情和晓之以理中找到平衡，坚决守住政策的底线。"城市更新指挥部动迁办副主任王璐表示。当前，古松弄地块住宅签约率98.8%、腾房率95.35%，商铺签约率100%、腾房率84.72%；原城三小地块的住宅和商铺签约率也分别达到了95%和85%；住宅和非居的攻坚也在继续。

前不久，大家的朋友圈里流行转发太仓老照片，古松弄的旧影也在其中，引起不少人怀旧。聊天的最后，大家谈起了古松弄的这棵古松，说是已经作为历史文化遗存予以保留，放进了新小区的规划设计当中。在这个炎热的下午，大家约着去树下合影，纪念这段充满生命力和战斗力的城市更新时光。

2022 年 6 月 29 日　　　　星期三　　　　晴

28 日，《太仓市人民政府国有土地上房屋征收决定公告（太政发〔2022〕31 号）》发布，公告将征收古松弄地块改造工程项目房屋。这意味着城市更新古松弄地块从协议搬迁阶段进入房屋征收阶段。

今天，市住建局和城厢镇工作人员上门向未签约的居民递送相关文书，我也和他们一起去了。每到一户，工作人员都先向他们说明市政府发布公告和前来送文书一事，然后市住建局和城厢镇工作人员分别在送达回证的送达人一栏里签字，如果居民不愿在收件人一栏签字，则由社区工作人员作为见证人签字，再将所有文书交给居民。有一户居民只有老人在家，他坚持要等女儿回来，大家只好站在大太阳下的马路边，等了半个多小时。好在女儿态度不错，收下文书后，表示愿意继续协商。工作人员当即表示："只要你有空，不管是我们上门，还是你到指挥部，随时都可以谈。"

城市更新指挥部工作人员告诉我，协议搬迁和房屋征收虽然是两个阶段，但补偿标准完全一样。不同的是，为了保护公共利益，在房屋征收阶段，可以依法实施强制征收，"但那是最后的措施，我们还是愿意和居民们好好谈、充分沟通"。

指挥部工作人员不仅这么说，实际上也在这样做。28日，也就是征收公告发布的当天，签约8组还成功签下了一户居民。工作人员告诉我，剩下未签约的居民，很多都涉及不同当事人或人在外地等情况。这一户既涉及不同当事人，又有当事人在外地，已经谈了很久，当天终于签下了。居民请他们代为腾空房子时，工作人员不顾炎热，该清理的清理，该代卖给收旧货的代卖，旧电器一共卖了700元，马上转给了居民。"虽然又热又累，但也感到很轻松。"他们告诉我，8组还有一户未签约，现在在外地的一位当事人回来了，应该很快可以签了。

很多人都知道，协议搬迁时，越到后面难度越大。但我了解到，古松弄的普通住宅、私宅、非居住办公房等共670户，截至 6 月 28 日，仅 10 户未签约，而在 6 月 17 日，未签约户共有 22 户。也就是说在这 12 天当中，共签约了 12 户，一天签一户的速度也彰显了大家的努力。工作人员都说，即使进入了房屋征收阶段，大家还是会努力去谈、去做工作，最好是一户都不进行司法强制征收。

签约组工作人员在努力，拆房组工作人员也一样。前一阶段是"考试季"，学生备考阶段、考试阶段都不能施工。高温天气又要来了，为了保护工人安全，届时室外施工也受限制，现在正是拆房的最好时机。工作人员告诉我，现在大家正抓紧推进拆房工作，力争做到"能拆的全部拆除"。一旦进入高温天，将合理安排时间，避开高温，组织施工。

2022 年 7 月 6 日　　　　星期三　　　晴

7 月盛夏，天气闷热，古松弄的拆房工作近乎无声又热烈地进行着。

走过绿荫如盖的人行道，穿过油亮的绿色围挡，我进入了正在更新中的古松弄老街。随着周边住宅和商铺的陆续腾房拆房，这里的视野开阔了不少。不少熟悉的商铺搬得只剩下一个招牌，还有不少已经被夷为平地。缺少绿荫的遮盖，日光热辣辣地直晒下来，烤得人汗流浃背。不远处堆在一起的碎石瓦砾、扎成一捆捆的钢筋、铺满楼道口的木板，像是大地被撕开的皮，被晒得发烫，反射着灼人的日光。在这个几乎不下雨的梅雨季节，正在全速推进拆房的古松弄老街，也没有办法躲避夏天的酷热。

城市更新城厢镇指挥部签约 9 组工作人员徐建中指着路边

的一幢幢楼房告诉我，古松弄住宅和商铺签约已经接近尾声，腾房工作也进入后半程，拆房工作是当前的重点。"拆房是一项系统工程，要考虑的地方太多了，既要保证速度，也不能影响周边居民的正常生活。"城厢镇建设局动迁安置办工作人员张元瀚告诉我，在外行人看来，拆房只是把房子推倒，但其实拆房前后还有很多细节要考虑。例如，居民全部搬迁后，房子的水、电、气、光缆线路都要断掉，这就关系到住宅间的线路联动问题。"有些光缆是几幢房子共用的，这幢房子腾完了，我们可以等另外几幢的居民短期内搬完一起拆，如果长期不搬，我们也会联系相应的公司进行线路改道、重设节点。我们推进拆房工作的决心和力度是很坚决的。"张元瀚说。此外，考虑到安全和美观，地块周边已经围上了绿色的围挡。为了减少扬尘，拆房的同时还会安排洒水车进行喷洒。在挖掘机拆房时，指挥部还会联系相应的社区，提醒周边居民避尘，在该时间段尽量避免晾晒衣服或被子。张元瀚补充道："有时候，挖掘机工作难免有噪声，我们会尽量将几幢腾空的房子'凑'到一起拆，协调签约组、拆房队集中推进。上个礼拜，我们两天就拆了5幢楼。"

在一幢刚刚腾空的居民楼内，拆房工人正在对卸下来的门、地板等木材进行装车。由于天气太热，他们分成两队轮流工作，在为数不多的绿荫下乘凉。绿荫都到哪里去了？我了解到，在古松弄腾房拆房的过程中，指挥部相关工作人员会与市绿化办联系，由专业人员对地块上的树木进行记录，再安排工人提前对部分树木进行移栽。相关负责人告诉我，由于古松弄的古松是被列入市古树名木名录的，会有养护单位定期对其进行考察和保护。等到古松周边拆房时，他们将组织专业人员对其进行围挡保护和施工指导，尽全力保护这一文化地标。

　　2022 年 7 月 13 日　　　　　星期三　　　　　酷暑

　　从 2 月起，不少居民就陆续搬离古松弄，开始了过渡生活。他们在外过渡得怎么样？对城市更新项目有什么期盼？今天，我特地走访了几位居民。

　　在县府社区居委会，我碰到了来办事的王健玲，她现在在花园二村租房过渡。王阿姨说，很多租房的居民的过渡生活会凑合一点，租个小点的房子，找个车库临时堆放一下家具。但她不想将就，租的房子和原来一样大，家具和原来一样布置，不管是看着还是住着都舒服。

　　让王阿姨遗憾的是，现在买卤菜不方便了。她告诉我，虽然花园二村外的向阳东路上小吃店多，但大都是做学生生意的。古松弄的几家卤菜店开了很多年，老板也都是熟人了，卤菜都是老板自己加工的，让人放心。为了找到放心的卤菜店，她特意请教了邻居，"现在终于在桃园路找到了一家卤菜店"。

　　"我们年纪大了，指挥部和社区的工作人员都会主动联系我们，问问生活情况。"邹老先生在华侨公寓租房过渡，让他念念不忘的也是古松弄的美食。他告诉我，住在古松弄时，最喜欢吃的是粢饭糕、面包还有肉松骨头，现在这几家店的新址他都找到了，也经常去光顾。特别是面包店，离他更近一些，去得最多，看到面包店生意比原来还好，他替老板感到高兴。

　　"一大家住一起，多少有点不便。热闹是热闹，但有时觉得吵。"王蕴倩现在和女儿一起住在金色江南小区的一套房子里，夫妻俩加上女儿一家，共6口人，她的话里欣喜明显多于抱怨。王蕴倩说，她家在古松弄有两套房，现在最盼望早日回迁，以后和女儿家能在一幢楼里住着，热热闹闹地一起吃饭，然后他们上楼回自己家，"那就最好了"。

王健玲和邹老先生也一样盼着早日回迁。邹老先生说，以前的房子，什么配套都没有，每逢刮风下雨就担心。新房有电梯，肯定舒服多了，就盼着早点回去。

古松弄地块上，县府社区居民共有400多户，占了一大半。前几天，社区基本完成了在外过渡居民情况的统计与整理，摸清了居民们在哪过渡、房子是自有的还是租的、和谁同住等情况。社区工作人员告诉我，社区正在准备一份"幸福家书"寄给他们，里面有信，也有城市更新的影像资料等，向居民们汇报城市更新的进展。

我还了解到，不久后，县府社区居委会也将迎来过渡生活。居委会的办公和活动用房正好位于城市更新地块上，因此居委会将搬到中心广场东北角的一处办公用房内。巧合的是，那里正是以前居委会的办公用房。

2022年7月20日　　　星期三　　　晴

连着下了几天雨，气温好不容易降了一点。今天一早，太阳又毒辣起来了。和天气一样热烈的，还有城市更新指挥部原城三小地块办公室的氛围。窗外，原城三小的老校区正拆得热火朝天，办公室的窗时不时地震动两下。大厅内，签约组的工作人员正在为商铺产权人和租户进行调解。原城三小地块的签约工作开始得比较晚，又加上疫情影响，给签约组带来的压力比较大。近期，签约腾房工作加快，截至目前，该地块未签约的商铺和住宅只剩下个位数，腾房率也总体达到90%以上。

　　办公室的墙上挂着一幅地块航拍图，住宅和商铺的划分、每幢楼的最新进展都用记号笔标注了出来。在过去的几个月，评估和签约工作在"驰而不息"地推进着。据了解，不管商铺还是住宅，都存在产权人有签约意愿，但因为疫情回不来的情况。6月，在跟住宅产权人程先生多次线上沟通，并解释清楚后续政策流程之后，签约1组工作人员带着相关文件，与久居上海的程先生相约在204国道的卡口边，双方身穿防护服，隔着栅栏完成了整个签约流程。这是原城三小地块排除万难推进签约的一个缩影。"刚开始，1天签5家都是有可能的，现在5天签下1家算是不错了。"签约1组工作人员葛豪告诉我。签约行进至后半程，多半是"难啃的硬骨头"。对于商铺来说，软装评估是产权人以及租客的争议点，有的商铺软装比较精致，有的商铺刚刚装修过，但是评估标准是量化且具体的，不会因为某家商铺情况特殊而有所变动。面对评估存在异议的部分，工作人员会组织评估公司进行复评，并解释相关标准，做到有理有据。"有些软装便于拆卸的，我们会建议店铺把它们带到新店二次利用，剩下的也会结合评估公司标准，与产权人和租客展开协商，总的来说会保障他们的合法利益以及合理诉求。"

　　与古松弄的签约组不同，原城三小地块办公室的前身是中国水政的营业大厅。商铺和住宅签约组各自"坐拥"一个门面。

于是常常出现这种场景，签约组的年轻人坐在前台，组里稍年长的工作人员或聚或散在大厅的各个角落。一旦有产权人过来咨询或签约，相应的签约组就会快速响应。"签约腾房快速推进，离不开组里经验丰富的老前辈，他们更能把话说到人的心坎里，对于尺度也把握得更好。"葛豪说。这些天，签约1组的老前辈徐建生觉得自己快变成"老娘舅"了："经常要帮房东和租客进行协商调和，引导大家各退一步，达到利益平衡点。不过政策的底线不能突破，而且要一视同仁，不可能这家突破标准一点，那家后签约的反而受益更多，这是绝对不允许的。"他表示。

当前，原城三小的老校区已经快要拆完了，学校周边几幢腾空的住宅及商铺也都进入了拆房阶段。按照规划，拆房的顺序是从中间向外散发，以减少对周边环境的影响。面对尚未签约的几家商铺与住宅，签约组也在重点攻坚："预计本周能再签一两家商铺，近期也预备启动征收程序。"

2022年7月27日　　　　星期三　　　　晴

7月26日下午，古松弄地块上最后一户居民签约了，古松弄地块提前百日完成了"百日签约、百日腾房、百日征收"的阶段目标。这无疑是城市更新工作取得的一个重大进展，是一件大喜事。

今天下午，我在府南街、县府街交界的景观绿地上看到，城市更新工作的大型宣传牌的内容已经更换了。新的宣传牌用了大红底色，显得喜气洋洋，上面写着"古松弄地块城市更新完成签约清零"。大宣传牌的下方，还有一圈小宣传牌，同样是大红底色，展示的是城市更新大事记。最后一块上面的内容是"2022 年 7 月 26 日古松弄地块整体签约清零"。

府南街的东侧，原本可以通往古松弄地块的小路口已封闭，显然是为了下一阶段的拆房和地块整理更加安全。

走进古松弄地块，可以看到，这里的房屋拆除和地块整理工作都在有序推进。6 个工人正在将一幢房中拆出的装饰板材装上车，板材在房前堆成了一座"小山"。工人们告诉我，现在拆房也要求"绿色处理"，各种材料都要区分开，每户的吊顶、地板、橱柜等板材量都很大，要先拆掉后才能拆房，仅这一幢楼的板材就要装 10 多车。地块上同时作业的挖机有好几台，有的在拆房，有的在整理钢筋，也有的在平整场地，整个地块上比前几天更忙碌了。签约清零也为后续的作业打开了空间。

走进城市更新城厢镇指挥部，这里的倒计时牌上原来有好几块小倒计时牌，包括未签约普通住宅、商户、私宅等。现在只剩了一块，内容是"未签约私宅 0"。

签约组工作人员的表情明显轻松了很多，第 7 组工作人员张健告诉我，下月初他就要离开指挥部了。他是城厢镇新招聘的社区工作人员，本来被分到康乐社区，还没到社区上班就被抽调到了指挥部，下个月要正式去社区上班了。10 个签约组每个组都有一个和他一样的社区工作人员。在指挥部工作的这段时间，大家都觉得虽然很辛苦，但收获也很多，相信对今后的工作会有很大的帮助。

在指挥部工作的最后几天，张健他们的主要工作是代办注销居民们的产权证。他说，注销产权如果由居民们自己去办理，会很麻烦。因此在签约时，工作人员就已和居民们进行了沟通，请他们出具委托书、提交相关材料，由工作人员代办。这个工作相对轻松，只有部分材料不全或者材料与实际有出入的，会相对麻烦一些。

"清零比原来计划提前了百日，既觉得不容易，又感到高兴。"指挥部负责人告诉我。高兴归高兴，工作还得继续，现在主要有两项工作，一是完成产证注销，二是加快拆房、清运，完成地块整理，为安置房建设做好准备。

清零对签约工作人员而言，是他们开始新工作的起点。对指挥部而言，是向下一个目标冲刺的起点。新的目标是到8月底完成地块整理，现在房子拆除进度大约过半，堆积如山的旧建材、渣土要清运，下一阶段的工作并不轻松。

2022年8月3日　　　　星期三　　　　晴

"7月20日，值得纪念的一天；22：00，值得纪念的一刻。私房两户签约成功！"对于王超来说，这个晚上充满了意外之喜：本想着约产权人大儿子，结果一大家子7口人全来了；本想着谈谈意向、做做思想工作，结果直接签约了。当晚，她发了朋友圈，感谢产权人及其家属的理解配合，领导、同事的支持与付出，但除了这两句，王超想说的还有很多。

为什么私宅的成功签约让王超这么兴奋？她向我解释，私宅也就是私人宅基地，历史遗留问题多，叠加了太多签约难点。古松弄地块共有7户私宅，王超所在的签约4组就占了5户，其中4户又存在一定的特殊性：建筑老旧且面积过小，产权人普遍年纪偏大，甚至部分产权人已经过世，还涉及财产分配问题等。

"私宅签约和住宅、商铺是同步开始的，我们在前期做了非常多且扎实的准备工作，包括解读政策、了解家庭情况、剖析家人意向等。"王超告诉我，整个6月攻坚阶段，工作组几乎每天都要到几户私宅坐一坐、聊一聊，她笑称自己的工作状态是"以最甜美的笑容说出最'狠'的话"。"甜美"是始终认真倾听、真诚沟通、换位思考，而"狠"是指政策解读到位、实施公平，同时又要明确政策的底线和红线。王超告诉我，在接触的过程中，产权人慢慢对他们建立起了信任，他们也能感受到这些高龄产权人的"难言之隐"。"从老人的角度来说，他们也希望对自己的子女们做到'一碗水端平'，趁此机会把财产好好分配一下，但有些话他们自己不好说出口。"得益于城市更新城厢镇指挥部这个"上有老、下有小"的团队，涵盖各年龄段的工作人员，有人精通法律，有人熟悉政策，要调解还有"老娘舅"，"所以我们会提出不同的方案，看看能不能讲到他们的心坎上"。为了保障签约的顺畅，指挥部协调所有相关部门，确保行动一致、准备充分、衔接自然。"谈签约意向的同时，'老娘舅'已经把人民调解协议书准备好了，连同补偿安置协议书一起，签约自然而然就进行了，并且个人和整体的权益都能得到保障。"王超说。

在7月20日晚签掉2家后，加上后期征收程序启动以及相关单位的协助，签约4组剩下的2家也紧跟着完成了签约。7月26日，古松弄地块完成最后一户签约，提前百日完成了阶段目标。

指挥部还为签约户安排了全家福拍摄，随着相机快门的按下，古松弄居民也正式和这个承载了无数记忆的太仓老地标说再见了。

2022 年 8 月 10 日　　　　星期三　　　　晴

8 月 8 日，《太仓市人民政府国有土地上房屋征收决定公告（太政发〔2022〕41 号）》发布，公告将征收原城三小地块改造工程项目房屋。这标志着原城三小地块的城市更新工作进入了一个新的阶段，即从协议搬迁阶段进入房屋征收阶段。

今天一大早，市住建局、城厢镇及社区的工作人员都提前来到原城三小地块城市更新指挥部。上午 8 点，大家从指挥部出发，上门向未签约的居民和商户送达相关文书，我也和他们一起去了。他们告诉我，选择这么早上门送达，一是怕居民有事外出，二是早上天气相对凉爽一些。

出发前，工作人员史世方告诉我，8 日，他们又成功签下了一家商户，而且是比较难签的一户。难就难在这家门面大，共涉及人民北路上 3 个门牌号，用于经营的租户共有 9 户。要想成功签约，不仅要说服业主，还要协调好业主和所有租户的关系。"签约后，大家都很高兴，现在整个地块上共剩 3 户住宅和 1 户商户未签约。"

途中，我看到地块上的拆房进度很快，原城三小的教学楼、办公楼以及旁边的部分居民楼都已经拆除，人民北路上曾经的地标仓建超市也正在拆除，地块上还有两名地质勘探工人正操纵着钻机勘探采样，为后续的项目建设做准备。

此前，古松弄地块提前百日完成了"百日签约、百日腾房、百日征收"的阶段目标，彰显了城市更新工作的"太仓速度"。这也让原城三小地块的征收工作人员充满了信心，"我们也要争取用1个月左右的时间，完成征收阶段任务，同样提前完成阶段目标任务"。

2022年8月17日　　　　星期三　　　　晴

"终日市井，烟火了然。环视街头，商招次第寻履巷尾，气象万千。"在《古松弄记》中，作者葛为平这样记载古松弄往日的烟火气。在古松弄住了将近40年，如今到了暂别的时候，他在期待回迁新生活的同时，也和许多居民一样，担心古松弄蕴含的历史文化气息会随着旧址的倒塌而无以为继。

"1984年，我随父亲搬到了这里，之后，我的儿子、孙子也都在这里出生、成长。不管外面的新小区如何开发，我们一家四代人从未搬离过这里。"

在古色古香的沧江楼，我见到了市诗词协会会长葛为平，他向我讲述了古松弄近40年的变迁。一开始，古松弄还没有确切范围，甚至连地名都只是以"东门街南牌楼区域"自称。之后，沿着古松边上的老街向两边发展，商铺和住宅慢慢多了起来，又因为紧邻政府和两所学校，老街上的业态也逐渐丰富了起来。谈起烟火气，葛为平认为，肉松骨头、满仓包子铺等店铺确实集聚了人气，但基于熟人社会的邻里情也构建了古松弄文化的真谛。他在文中写道，"饭金一铺，修四方睦邻""树底谈天，长吏与布衣交耳"。古松弄汇聚又融合了四方来客，以古松为中心，形成了一个平等开放、真诚亲密的邻里空间。

　　时间来到今年年初，古松弄地块城市更新工作快速推进，葛为平一家也到了和老房子告别的时候。"说实话，签约腾房真是下了很大的决心，要不是房子太过破旧，谁都不舍得离开这里。院子里的桂花树还是在我儿子出生那年栽下的，一草一木都凝结了太多回忆。"葛为平告诉我，"你家搬到哪里了？""以后还会回迁吗？""希望我们以后还是邻居啊……"等已经成为街坊四邻搬家时告别的"常用语"。

　　老房子被推平了，童年时玩耍的"歪脖子"树也不见了踪影。导演丁正特意回了一趟古松弄，还去寻找了古松弄的"古松"。这棵树龄300多年的雀舌松还静静伫立在古松弄和新华路交叉口的废墟里。"这个地块虽然称不上真正的名胜古迹，但也是太仓城厢镇核心居住区的百姓们常年生活的地方。老城更新，百姓回迁，人与人之间是否还能回到当初亲密无间的邻里关系？岁月滋养的草木犹存否？新老融合如何恰当？……"丁正的思考和葛为平不谋而合。

　　"在我们预期的规划设计中，围绕古松，通过社区中心、景观公园、王锡爵故居打造一个整体的城市开放空间。打开古松的生长空间，留住古松弄街坊四邻共同的'老邻居'。"太仓市城投集团城市更新项目组成员翟永伟告诉我。和葛为平以文字留住古松弄一样，不少居民从绘画、老照片、影像入手，想要留住先前古松弄的生活状态。翟永伟说："好在大部分老乡邻都会回迁，新的年轻人可能也会加入进来，让古松弄熟人社会氛围的延续成为可能。届时，我们将会在新生活、新环境下续写古松弄文化。"

第十六章
欢天喜地第一桩

众人划桨好行船，齐心协力事竟成。在城市更新行动中，各路参战人员劲往一处使，汗往一处流，终于在 7 月 26 日签下最后一户人家，标志着古松弄在"三百一千"的既定目标基础上，整整提前了 107 天。在签约工作的同时，古松弄地块的拆房工作从 5 月 12 日正式开始，至 9 月底全部拆除。

汪香元书记告诉我，他们虽然制订了"三百一千"的奋斗目标，但他还是做好了最坏的思想准备。因为如果遇到一到两家不肯配合、需要强拆的，按司法程序算下来至少也得一年多的时间，现在看来这个担心是多余的。他们之所以能提前一百多天完成签约任务，首先要感谢离退休老干部，他们为此做出了表率，或者说做出了牺牲。因为他们的住房条件不错，没必要在外面过渡 3 年，而且回迁后他们又失去了原有的小天地。其次要感谢工作人员，这里包括指挥部和两个社区的工作人员，他们确实是拼了命地在干这件事，而且干得非常漂亮。他们不但在工作中没有出现

· 整体签约清零

任何纰漏，也没有任何违法违纪的事情发生，还涌现出了一批优秀的年轻干部。最后要感谢的是古松弄的全体居民，是他们的坚决拥护和积极配合，顾全大局，牺牲自我，克服种种困难，抓紧签约，抓紧腾房，从而确保了签约工作的顺利开展。

2022年7月29日，太仓市城投集团组织地勘单位进场作业。现场地勘作业覆盖整个地块，共约150个孔位。9月5日组织试桩施工，整个项目试桩共27根预制方桩，12根钻孔灌注桩，于9月20日全部完成，从而为项目建设工作的顺利推进打下了坚实的基础，也让汪香元书记深深地松了口气。

· 古松弄地块开启
　拆除工作

　　我在采访汪书记时，他向我流露出一丝担心。他说："古松弄更新改造虽说势在必行，但因为这些房子都是 20 世纪 70—80 年代建造的，没有地下室。在这次更新改造过程中，万一从地下挖出几片陶瓷怎么办？我答应老百姓 3 年之内回迁，就会成为一句空话。老县中那里就是因为从地下挖出了陶瓷片，考古工作进行了许多年，让购房居民无法入住。古松弄与老县中地块仅隔一条致和塘，要是也出现这种情况，老百姓就无法搬回新房。到时候我怎么向古松弄的老百姓交代？"

　　应该说，汪香元的担心不无道理，而且可能性也非常之大。我们唯一希望的，便是这种担心仅仅是一种担心。如今古松弄的试桩成功，对汪香元来说，无疑是一件十分重大的好消息。

　　2022 年 10 月 28 日下午，在古松树前的空旷场地上，隆重地举行了太仓市城市更新古松弄地块的开工仪式。在外过渡的居民们闻讯奔走相告，纷至沓来。他们怀着无比激动的心情，一睹古松弄开工仪式之盛况。

　　汪香元红光满面、神采飞扬地登上主席台，简短精彩的致辞说得慷慨激昂、落地有声，赢得了到场人员的阵阵掌声。

　　在汪香元的致辞中，我们仿佛看到了回迁后的古松弄，它不仅在建筑风格上突出了江南水乡风情，还彻底改变了老小区绿化少、配套缺、停车难等问题，极大地提升了居民的居住条件。除了在楼栋间、干道边精心设计了可供居民休息、散步的绿地外，还将在王锡爵故居后面建成一个面积约 2000 平方米的景观公园。未来古松弄的地下车库，会实现商业停车库和居民停车库的分离，双方都有着充足的车位，互不干扰。在古松弄靠北

· 市委书记汪香元在古松弄地块开工仪式上讲话

的县府街和靠西的府南街，都有着完善、时尚的商业设施。新建的生鲜超市，不仅能够满足小区居民的需求，还能服务周边地块的市民，完善了老城区 15 分钟的便民生活圈。

在开工仪式上，居民代表顾伯良昂首挺胸站在主席台上，充满激情地说道："我在古松弄整整住了 35 年，是古松弄的老居民。古松弄地块更新改造，是我们广大住户企盼了多年的愿望。今年年初，古松弄地块城市更新改造项目终于出台，我第一时间详细解读了全部内容，深切地感到这个项目确实是名副其实的民生工程。老百姓得益颇多，所以我没有犹豫，第一天就签下了协议。今天又有幸参加开工仪式，感激之情溢于言表，借此机会我想表达以下 4 点感受。

"感受之一：政策好，项目规划切合民意。首先感谢市委、市政府启动了这项民生工程。我们这里大部分小区建造年代久远，许多老房子年久失修，墙体开裂，墙皮脱落，一到下雨天就头顶漏水、脚下淌水，换个煤气罐还要扛上扛下的，停车更是老大难。但是古松弄的地理位置好，有十分便利的15分钟生活圈，离学校、医院、超市都很近，老住户心里又不大愿意走。政府考虑到了这一点，项目规划确定了原拆原建的政策，充分体现了民情民意，解决了我们想拆又不想离开的后顾之忧。

　　"感受之二：这个项目得到了各级领导的高度重视。古松弄城市更新项目的启动、签约、征地等每个节点，市主要领导都亲临现场指导，镇领导坐镇指挥，社区领导现场办公。这使我深深地感受到政府确确实实是在为我们老百姓做事，把人民群众对美好生活的愿望作为政府工作之己任。

　　"感受之三：我感受到社区、拆迁工作人员热情周到和人性化的服务。我看到了社区工作人员在拆前做了大量的调查摸底工作，签约工作组挨家挨户摸排、评估。我看到了拆迁办工作人员对拆迁政策讲解得细致透彻，有什么疑问都能及时给我们回应。我也看到那些老人年纪大了，搬东西不方便，社区工作人员主动联系搬家公司。小区居民找不到过渡房的，社区又想方设法陪着居民一起找房、看房。所有这些使我感受到，你们为了让我们能早日住上新房，在默默无闻、不辞辛劳地付出。在此我要向你们道一声'辛苦了'，谢谢你们！

　　"感受之四：工作效率之高、速度之快，出乎我们的意料。拆迁前，我和这里的动迁户一样，对政府提出的三个一百天、一个一千天的口号是有疑虑的，认为只是个口号而已。但现实让我们看到了如此之快的太仓速度，如此之高的工作效率。所以我们完全相信，政府一定会把城市更新这一民生工程如期完成，让古松弄的百姓早日住上新房，早日看到一个环境优美的新的古松弄！"

太仓市融媒体中心的制作人何庆华，也特意为古松弄地块开工仪式创作了音诗画作品《光影古松》。她用荡气回肠的神来之笔，再现了原汁原味的古松弄景象。我不妨将美文呈现给每一位读者，与大家共同分享。

如果说城市是文化的容器，那古松弄曾经妥帖地安放着无数60后、70后的童年。生锈的铁环滚过狭窄的弄堂，彩色的手绢丢在了崔舌松树下，弹弓打中过邻居的木窗，笑声、闹声、尖叫声夹杂着油条、粢饭糕的香味。弄堂口的煤炉上还炖着一砂锅黄豆猪蹄，天井的铁丝上还挂着半只咸鸭。沾着爆竹的红衣，一枝蜡梅斜开在积雪的屋檐下，自行车铃声又惊醒了古松弄的一个早晨。

古松下的光影总是被拉得很长，这里的时间过得慢，一碗荠菜肉馄饨可以从楼上端到楼下，一桶井水也是那么可人的冬暖夏凉。只是经过岁月的洗礼，这里的房子尽显沧桑，墙不避风，瓦不挡雨，一到雨天便有锅碗瓢盆的"交响曲"。开裂的老墙，老化的电线，堵塞的下水道，无时无刻不在诉说房屋的老旧、小区的萧条。风从古松弄穿过，颓废的老墙斑驳，就像一个饱经沧桑的老父亲，弯腰驼背，单薄的身躯早已承受不住时间的重量，仍喘息着、托举着头顶上的青砖灰瓦和一群儿女的生活。古松弄像是娄城一块修复不了的伤疤。

轰隆隆的巨响如春雷划过沉闷的天空，巨臂凌空、瓦砾飞扬，时间定格在 2022 年 7 月 26 日。一声号角，太仓城市更新项目古松弄地块最后一户居民签约，提前百天达成"百日签约、百日腾房、百日征收"。这是太仓城市发展的新里程，这是古松弄的蝶变新生。居民们亲见那一排排老楼倒下，不舍地按动快门，留下最后的影像。他们的眼里是激动的泪花，挥一挥衣袖，这告别意味着最好的重逢。机械轰鸣，马达声声，一千个日日夜夜的重建之后，古松弄将成为太仓又一颗璀璨的明珠，成为城市更新的典范。现代化的高楼，生态化的花园，开窗见绿，出门即景，阳光、树木、空气和水，都是这里跃动的精灵。空气中依旧飘散着人间烟火，这将是新与旧的完美结合。这里的建筑是可以阅读的，街道是可以漫步的，光影古松是那么古典，也是那么年轻。"一座如玫瑰红艳的城市，已经有时间一半久远"，古松弄的雀舌松也将迎来新的春天。更多的鸟儿来这里筑巢，四处流淌着诗一般的幸福味道。新老邻居们欢聚一堂，成为幸福古松的归人。

时代需要创新，城市需要更新。城市更新，让城市"更"新，让生活更"新"。城市更新，延伸城市未来，光影古松也将记录这翻天覆地的变迁，延伸生活的经度和纬度，延伸历史文脉和丰富的城市内涵，也升华着心的远方，让心在这里生根发芽。心之所向，月之所往，情之所长。

在开工仪式上，主持人把葛为平也请上了舞台，请他谈谈写《古松弄记》的初衷。

葛为平上台之后显然有些激动，拿话筒的右手在微微颤抖。我知道他在几十年的工作生涯中曾无数次登上讲台，给党员干部和广大群众宣讲法制课，所以他有着足够丰富的舞台经验。这一次之所以右手颤抖，完全是因为内心的激动。在回答主持人的提问时，他显得有点局促不安和语无伦次，失去了往日口若悬河的潇洒。但他毕竟是久经沙场的老兵，稍作镇定之后，虽略显拘谨，但仍能把自己想表达的东西说得明明白白。

他说："我住在古松弄将近40年，家中有5代人在此住过，对古松弄有着深厚的感情。古松弄在时代变迁中，不断形成了自身独特的文化印记。为了留住这份珍贵，作为原住民，总想着应该为它做些什么，因此就有了这篇《古松弄记》。主要想表达古松弄的文化特质，主要有四个方面。

"一是烟火气。商家次第、提篮小卖、傍晚闲步、清晨送学，这就是一种宜居的状态。二是居民素质高。这里常年居住着机关干部、文化学者、画家诗人等，普通百姓的文化素养都很高，明事达理。这种文化素质可以转化为行为示范，可以在邻里之间相互影响。三是形成了熟人社会。邻里之间相互交流、相互帮助、相互约束，城市文明成为一种现象。四是城市主人翁的意识强烈。古松弄位于城市中心，这里的居民热爱城市，有了这种城市主人翁的文化特质，城市更新便可成为居民的一种文化自觉。拆迁能够得以顺利进行，居民的这种文化自觉不可低估。"

主持人又问："您是不是担心，未来的古松弄会断了文脉？"

葛为平的状态已恢复如常，他冲着主持人微微一笑，开口说道："所谓文脉，就是一种文化的传承。新楼易盖，文脉易断。这种想法不仅我有，古松弄的居民有，其实太仓的市民都有这样一种切肤之感。背巷里隐藏的是城市真正的一种文化内涵和文化力量，文化延续是人类生活的一种'刚需'。现在，展示在我们面前的是一片空地，没有文化。新的楼房建起来了，原来的文化如何复活？这是我们需要认真考虑的。但我相信，政府考虑得一定比我更宏观，更细致。"

接下来主持人的提问，让我暗吃一惊。因为在与葛为平的聊天中，他从未向我透露过这件事。

主持人问："听说您最近在策划古松弄改造的绘画长卷，能和我们分享一下那是怎样的一幅画卷吗？"

只见葛为平很自豪地露出了笑脸，然后给了主持人，也给了我一个令人欣喜的答案。

他说："古松弄更新改造的过程，除了文字、影像的客观记录，我们还应该有一幅定格的画面存在。因此我设想创作一幅《古松弄印象》长卷。画卷上将体现出三种气：一是精气神。环境渲染要有时代特征，人物表现要有时代精神；二是烟火气。内容反映要真实客观，反映古松弄的热闹、友善，是对真实生活和真实场景的一种记录；三是乡土气。艺术表达要有娄东画派的风格……"

我不得不敬仰葛为平对古松弄的感情，至深至爱，不惜为了古松弄而倾其才华。他要通过《古松弄印象》长卷告诉大家：

古松弄的建设不仅仅是老房子变成了新房子，更是一种生活的改变，文化的延续，也需要一种"融合式共治"，打造"人人有责、人人尽责、人人享有"的幸福生活共同体。

在开工仪式上，主持人还宣布成立了由6位居民代表组成的"古松议事会"，副市长郑丙华为第一届成员颁发了证书。古松议事会将形成群众广泛参与，自治、法治、德治和智治相结合的城乡社区治理体系。

建设单位代表也在开工仪式上进行廉洁安全品质表态，并向古松议事会递交了廉洁安全承诺书。负责项目施工的苏州一建集团一分公司总经理朱韵文在接受采访时说："我们在深挖地块公共空间潜能、提升片区整体基础设施配套的同时，将依据绿色建筑和海绵城市建设理念，面向智慧城市和未来社区的建设要求，充分打造绿色、节能、可呼吸、充满活力的城市新型街区。同时在满足更新地块排水、用水需求的基础上，实现对周边管网的更新改造，解决地块周边排水的堵点、难点，提升老城区整体城市韧性。"

当被问起古松弄更新改造过程中，将如何在保证质量的前提下，按时或者提前完成建设任务时，朱总经理笑着说："这个项目是太仓市政府的民生工程、惠民工程，公司必将全力以赴，抓好质量和安全工作。同时倒排时间表，分段把握好工程进度，确保在2023年春节前完成桩基施工，年底实现主体结构封顶，并于2024年底前竣工验收。"

开工仪式的最后一个议程，是由市委书记汪香元、市政协主席赵建初、市政府常务副市长吴敬宇、副市长郑丙华、副市长兼城厢镇党委书记盛海峰，共同按下开工启动装置。

在雷鸣般的掌声里，在绚丽灿烂的烟火中，在这个地块生活了300多年的雀舌古松的见证下，城市更新古松弄地块终于打下了第一桩。

汪香元告诉我，古松弄的更新改造完全是为了让这里的老百姓彻底改变落后的生活环境，提升他们的生活品质，让他们切身感受到生活在"幸福金太仓"的获得感和幸福感。同时，

· 市领导共同按下开工启动装置

还要把古松弄的烟火气保留下来，还他们一个念想。等到他们回迁的那一天，看到的将是一个崭新而又熟悉的古松弄。

秋天是收获的季节。那棵见证了古松弄历史变迁的百年古松，在阵阵秋风的吹拂下，抖动着金黄色的叶子，仿佛在向在外过渡的老邻居们点头问好，也仿佛在招呼那些充满了烟火气的店铺早日归来。

我站在古松树下，凝望着眼前空旷的建设工地。曾经的古松弄已经不复存在，未来的古松弄正向我款款走来。我看到了古松弄的居民们笑逐颜开地回来了，我看到阿张水果店回来了，我看到青松点心店、小燕片皮烤鸭店、满仓包子铺回来了，我看到倪鸿顺肉松骨头店、沁颜香炒菜馆、红太阳熟食店回来了，我还看到崔记水产批发部和裁缝铺子也回来了。我又闻到了弥漫在古松弄上空原汁原味的烟火气，这是我熟悉的味道，这是刻在我骨子里终生难忘的味道。

我期待着那一天的到来！

2022 年 12 月 30 日初稿

2023 年 2 月 10 日第二稿

2023 年 3 月 10 日定稿